脇役剣聖の
そこそこ
平穏な日常。
たまに
冒険、
そして
英雄譚。
2
～自称やる気ゼロのおっさんですが、レアスキル持ちの美少女たちが放っておいてくれません～
著 さとう
illust Garuku

王国聖騎士
団長の娘
エミネム・
グレムギルツ
Skill『神風』
七大剣聖
－序列六位－
ラスティス・
ギルハドレッド
Skill『神眼』
ラスティスの弟子
元アロンダイト騎士団
サティ
Skill『神雷』

アロンダイト
騎士団
デボネア・
ヴァルファーレ
Skill ???
七大剣聖
−序列二位−
アロンダイト騎士団団長
ランスロット・
ヴァルファーレ
Skill『神剣』
アロンダイト騎士団
円卓十三騎士
イフリータ・
ヴァルファーレ
Skill『神炎』

「ら、ラスティスさま～」
「……遅い」
「師匠!!」
～三人娘と私服でお出かけ～

脇役剣聖のそこそこ平穏な日常。たまに冒険、そして英雄譚。

~自称やる気ゼロのおっさんですが、
レアスキル持ちの美少女たちが放っておいてくれません~

2

著 さとう
illust Garuku

Wakiyaku-kensei's
modestly peaceful daily life,
sometimes adventure
and a heroic tale.

Contents

第一章　脇役剣聖、ワクワクする

「ふぁぁ～……いい天気」

早朝、俺……アルムート王国の七大剣聖ラスティス・ギルハドレッドは、新しいベッド、ふかふかの布団で目が覚めた。

窓を開けると、心地よい日差しが俺の身体《からだ》に刺さり、意識が覚醒する。

今日もいい天気……ああ、二度寝したい。

「師匠、おはようございますっ!!」

そう思って欠伸《あくび》をすると、ノックもなしにドアが開いた。

ドアを開けたのは、俺の弟子サティ。以前は俺と同じ七大剣聖のランスロットの養女だったのだが、世にも珍しい『神スキル』が上手《うま》く使えず、役立たずの烙印《らくいん》を押されて追放されたのだ。そこで俺と出会い、まあいろいろあって弟子になった。

俺はため息を吐《つ》く。

「お前な、ノックぐらいしろよ……着替えてたらどうするんだ?」

「師匠の着替え?　いえ別に」

「じゃあ逆に、俺がノックせずにお前の部屋に入ったら?　お前が着替え中だったら?」

「うーん。『師匠のえっち!!』って叫ぶかも」

「そうそう。俺が着替え中で『サティのえっち!!』って叫んだらどうなる?」

「……ギルガさんに怒られる」

「正解。というわけで、部屋に入る時はノックするように」

「はい!! じゃなくて、朝ごはんってミレイユさんが言ってますよー」

「おお、そうか」

ギルガというのは俺の元部下で、領主代行も務める超有能なオヤジだ。見た目はガチムチの筋肉おじさんだが、意外にも繊細で……最近、左腕が義手になった。おかげでゲンコツがパワーアップして困る。そしてミレイユってのはギルガの奥さんだ。

サティは、俺の隣に並んで窓から外を眺める。

「村、すっかり復興しましたね」

「ああ……そうだな」

少し前、村は壊滅寸前の状態だった……人類の敵である魔族が襲って来たのだ。

そして、俺とサティは魔族を倒し、村の危機を救ったのだ。

ちなみに、この屋敷も家具も、全部真新しい……建て直しや買い直しのお金は、この村を守るのに協力してくれたエミネムの兄、ケインくんが出してくれた。もちろん返済はするけどな。

俺は、屋敷の敷地内にある新しい建物を見て、ついニヤニヤしてしまう。

「師匠、嬉《うれ》しそうですねー」

「ふっふっふ……まぁな」

建て直した俺の屋敷は、前よりも広くなった。

前は空き部屋を使っていたサティも、今は自分好みにしてもらった間取りの部屋で暮らしている。

俺はまぁ、寝られればどうでもいい。執務室がちょいと広くなったくらいかな。

俺が興奮している理由は別にある。

「はぁ～……いよいよ今日だな」

「お風呂、完成ですね!!」

「ああ……ふ、ふふ、ふふふ」

「……師匠、ちょっとキモイです」

屋敷の隣を見ると、屋敷より小さいが立派な建物があった。

そう……ここは風呂!! 風呂だけの建物だ!! 屋敷と渡り廊下で繋《つな》がった、まさに俺理想の風呂である!! 風呂!! 何度でも言う、風呂だ!!

やばい、なんか興奮してきたぞ。

「師匠、まずは朝ごはんです!!」

「おう、いっぱい食うぞ!!」

とりあえず、まずは朝飯を食いまくるぞ!!

朝食後、サティの剣術修行を見てやろうとすると、屋敷の入口にあるドアがノックされ、ケインくんが入ってきた。

「おはようございます。ラスさん、風呂が完成したみたいです」

「よっし!!」

「……師匠」

おいサティ、そんな目で見るな。

さっそく、俺とサティとケインくんの三人で、渡り廊下を通って風呂場へ。

ふと気づいた。風呂場の入口に、『男湯』と『女湯』の暖簾《のれん》があった。

「……あれ?」

「男湯、女湯? 男女別にしたのか?」

「ええ。あれ? 図面は渡したはずですけど」

「風呂に関する要望書だけ出して、それ以外は見なかった。今日、ここで見る楽しみのために」

「そ、そうですか」

「師匠……」

だからそんな目で見るなっつーの。まぁいい。とりあえず、三人で男湯へ。

「脱衣所……けっこう、狭いですね」

サティが言う。

そりゃそうだろ。ここ、俺の屋敷だし……俺以外使わんしな!!

それでも、脱衣カゴは三つあるし、王都にしかない、水を自動でくみ上げる『蛇口』もある。

「これ、蛇口ですよね。魔道具の……高級だったんじゃないですか?」

「そうですね。でも、うちの商会で扱ってる商品の一つなんで、遠慮しないでください」

サティの質問に、ケインくんは笑顔で答えた……いい人だ。

さっそく浴場へ。ドアを開くと……そこは、新世界でした。

「おおおおおおおおおおおおお……」

「ラスさんの要望通り、内風呂は広く、ヒッバの木で造り上げました。床は深海石を削りだした特注で、シャワーはもちろんお湯が出ます。こちらも魔道具です。お湯は地下水をくみ上げ、魔道具で熱して蛇口から出ます。温度はこのツマミを捻《ひね》って調整できますので。排水は、地下に敷いたパイプを通って、近くの川に流れます。排水の過程で、お湯はパイプ内で浄化されますので、河川が汚れることはないのでご安心ください」

「あれ、こっちにもドアが」

「ああ、そちらの部屋は……」

ケインくんがドアを開けると、そこは『露天風呂』だ。

天井吹き抜けで、夜になると星空が良く見える、素晴らしい環境だ。

「岩風呂です。床と同じ深海石を使っています。内風呂よりは狭いですけど……」

「う、うぅ、うっ……」

「あ、あの……」

「し、師匠……泣いてるんですか？」

そりゃ泣くだろ……こんな素敵な風呂を造ってくれるなんて!!

俺はケインくんの腕を摑《つか》む。

「うわっ!?」

「ケインくん!!　ありがとう……本当に、ありがとう!!」

「い、いえ」

「ああ、お礼しないと。ちょっと待ってて」

俺は、地下倉庫へ向かい、隠していた『お宝箱』を開ける。

この宝箱は、俺の宝物が入っている特別製で、俺が持つ鍵でしか開かない。

俺は、小さな包みを持ってケインくんの元へ。

リビングに移動したケインくんに、包みを渡した。

「お礼だ。受け取ってくれ」

「えっと……これは？」

ケインくんが包みを開くと、両手で包み込めるくらいの大きさの、『銀色の塊』があった。

「それは、『冥狼《めいろう》ルプスレクス』の骨だ」

「え」

「昔、首はランスロットが持って行ったけど……身体は全部、俺がもらったんだ。ランスロットが所有権を放棄したからな。こいつは、その時の骨の一部だ」

「え、ちょ、い、いいんですか?」

「ああ。それだけの量でも、粉末にして金属と混ぜて武具を作れば、たぶんオリハルコン以上の硬度になると思う」

「……おおお」

「す、すごいです。ルプスレクスの、骨……あたし、初めて見ました」

ケインくんは青くなっていた。

そして、骨を大事に包み、震える手でポケットへ。

「あ、あの……こんな値段が付かないような物、本当にいいんですか?」

「構わない。それくらい、俺にとって最高の風呂だからな!!」

「は、はあ……これだけのお宝見せられたら、この風呂でも足りない気がしてきました……あはは」

こうして、我が家に最高最強の『風呂』が完成した!!

あ、ちなみに……俺の屋敷だけだと見合わないらしいので、ケインくんは村の真ん中に新しい『公衆浴場』を建設し始めた。なんでも『ルプスレクスの骨なんて貴重品、ラスさんの風呂だけじゃ全然足りないので』とか……まぁ、村人たちの癒しになれば、それでいい。

というわけで、何度でも言うぞ……風呂が完成した!!


風呂を試す前に、サティの剣術修行を始める。

俺とサティは、屋敷を建てるついでに整備した裏庭へ。

そこで、サティは目を閉じて集中。

集中し、右手で剣を抜刀。一瞬だけ剣が輝くと、薄紫色の球体が切っ先から飛び出した。

「『電磁界《マグネガ》』!!」

球体が、磁力を含んだ岩石を吸い寄せてくっつける。薄紫色の球体は、サティの右手に持つ剣と細いラインでつながった状態で、サティはそのまま剣を持ち上げ、岩石を上空へ。

「よし、そのまま左の剣」

「はいっ!!」

サティは左手で剣を抜き、紫電を一気に溜《た》めて────剣を振る。

すると、剣から紫電の光線が放たれる。

「『雷滅砲《ジガ・トール》』!!」

放たれた光線は、宙に浮かぶ岩石を粉々に砕いた。

パラパラ落ちてくる破片……そして、サティは肩で息をする。

「ど、どう……です、か」

「威力は申し分ない。でも、力のタメが長いのと、磁力と雷の切り替えがお粗末すぎる。そのせいで余計に疲労してる感じがあるな」

「うぐぅ……あの師匠、この切り替え、難しいですぅ」

「うーん……こういう繊細なことを教えるの、俺向きじゃねぇからな。アナスタシアなら得意なんだが」

「アナスタシア様……序列五位の七大剣聖ですね」

「ああ。あいつクソ忙しいからな……まぁ、弟子も多いし、ちょっと指導できそうなヤツ、探してもらうか?」

「えー、でもあたし、師匠から習いたいですー」

とは言ってもなぁ。自然系の『神スキル』の指導自体、俺向きじゃないんだよな。

「とりあえず、今日はここまで」

「うー……はぁい」

「よし風呂だ!!　メシの前に風呂!!」

「……師匠、本当にお風呂好きなんですね」

そりゃそうだ。風呂は命の洗濯って言われるくらいだしな。意味はわからんけど。


そして――……ついに俺は、風呂へ来た。

風呂へ向かう渡り廊下のドアを開け、ゆっくりと進む。

『ふいー!! めちゃ気持ちいいですー!!』

女湯から声が聞こえてきた。サティはすでに風呂を満喫している。

ふふふ……俺が遅くなった理由は、大工さんにお願いした最高級の『風呂桶《おけ》』と『風呂椅子』を、そして村で最も手芸が得意なマーサ婆《ばあ》さんから新しい『手拭い』を貰《もら》いに行ってたからだ!!

「ふふふ。風呂風呂〜っと……ふふふ〜ん」

鼻歌を歌いながら渡り廊下を歩き、『男湯』と書かれた暖簾を眺める。

「素晴らしい……ふふ、ふふふ、ついに我が家に立派な風呂が!!」

さて、いざ……楽園へ!!

「お、いたいた。おいラス、アルムート王家から手紙が届いてるぞ」

と……いざ暖簾を潜《くぐ》ろうとした時、ギルガが現れ俺に手紙を差し出した。

「……後で」

「重要と書かれている。ただちに開封しろ」

「…………」

アルムート王国……くだらない内容だったら、マジで許さんからな!!

第二章　脇役剣聖、呼び出される

「あー……」

俺のテンションは下がっていた。

執務室で手紙を読み、そのままリビングに戻る。ソファでだらけていると、風呂上がりのサティが髪をごしごし拭きながら現れた。

「ふぁー!!　お風呂、最高でした!!　あれ……師匠、もう入ったんですか?」

「まだ。アルムート王国から届いた手紙見てテンションただ下がり。マジでかったるい」

「え?　まさか……呼び出し、ですか?」

「……ああ」

俺は手紙をテーブルに放る。

するとサティが俺の対面に座り、手紙を読み始めた。

それにしてもこいつ……いい香りするな。ああ、ケインくんがサービスで、王都で流行している石鹸《せっけん》や髪用石鹸を大量にくれたんだっけ。

俺もこの後、同じやつ使うが……たぶん、こんな匂いしない。

それに、風呂上がりで薄着だ。しかもコイツ下着付けてないのか、大きな胸の存在感がすごい。

ガキっぽいくせに、身体《からだ》はしっかり大人だな。

「王都に呼び出し……上級魔族に関して報告せよ？　え、報告書送ったんじゃ……しかも、一か月くらい経過してるし」

「たぶん、フルーレが詳細な報告して、その情報の精査してたんだろ。で、それが終わったから、今度は俺の報告書に取りかかってんだろ……で、いろいろ内容が足りないから、直接話聞かせろってこった……めんどくせえ」

まぁ……正直、呼ばれるとは思ってたしな。仕方ないか。

すると、屋敷のドアがノックされた。やって来たのはケインくんだ。

「夜分遅くに申し訳ありません。ラスさん」

「いやいや、どうぞどうぞ。ささ、お茶の支度を……」

「師匠、立派なお風呂造ってもらってから、ケインさんへの気遣いハンパじゃないですね……」

「あ、あはは……おかまいなく」

ケインくんは、護衛のマルセイくんと一緒に来た。

何をしに来たのか聞くと。

「そろそろ、引きあげようと思います。公衆浴場もあとは建設するだけ。田畑、水源も回復しましたし、もう大丈夫かと」

「そうか。と……グレムギルツ公爵代理ケイン殿。改めて感謝申し上げます」

「いえ。こちらこそ、貴重な物を頂きましたし……あなたに会えてよかったです」

ケインくんはニッコリ笑った。うん、やっぱりいい人だ。

「あれ、帰るのは王都？　グレムギルツ領地？」

「王都で溜《た》まった仕事を片付けてから、領地で溜まった仕事をします。三か月くらいは仕事をしなくても大丈夫な感じに仕込んだんですけど、そううまくはいかないですねえ」

「そ、そうか……」

さ、三か月分の仕事をしてから、こっちに来たのか。

俺なんて、その日その日で精いっぱいなんだが……うむむ、すごい。

「あ、それとお願いがあって来たんです。ギルハドレッド領地に、うちの商会の支部を置いていいですか？」

「え？　ああ、そんなことか。村は俺が管理してるけど、ギルハドレッドの方はホッジとフローネに任せてる……まぁ、ダメとは言わねぇだろ」

「ありがとうございます。ああ、うちの商会を置くと言っても、ギルハドレッドの秩序を乱すつもりはありませんので、ご安心ください」

「……おう!!」

すまん、商会とかに関して俺はわからん。

ケインくんは書状を懐から出して俺に渡す。

この書状と、俺が『ケインくんがギルハドレッド領地に商会置くぜ。領主の俺が許可したぜ』って書状を書いて、フローネに届ければいいらしい。まあ、その辺はギルガに任せる。

するると、サティが言う。

「あれ？　ケインさん、王都に戻るんですよね？」

「うん、そうだけど」

「だったら師匠、一緒に行くのはどうですか？　師匠も、王家に呼び出しですもんね」

「呼び出しとか言うなよ……悪いことしたみたいだろうが」

俺、何も悪いことしていない……はず。団長にちょっとキレたけどな。

復興で忙しくて、団長のことすっかり忘れてたってのもある。

ケインくんは嬉《うれ》しそうに言う。

「じゃあ、一緒に行きましょうか。マルセイ、道中の魔獣はラスさんに任せて大丈夫そうだ。むしろ、ラスさんの剣をよく見ておいた方がいいぞ」

「そりゃいいな。オレも興味ある」

おいおい。魔獣、俺が戦うの決定かい……いいけど。

あ、一応確認しておかねば。

「おいサティ。お前はどうする？　一緒に行くか？」

「え？」

「王都。王城に入れるのは俺だけだし、お前は宿で待機してもらうことになるが……王都、あんまりいい思い出ないんじゃないか？　領地に残っててもいいぞ」

「……えへへ」

と、なぜかサティはニヘッと笑った。

「師匠が、あたしを気遣ってくれるの、うれしくて」

「あ、ああ。そりゃどうも」

「ででも、大丈夫です。確かに辛《つら》いこともありましたけど……いい思い出もいっぱいあります。パン屋のおばちゃんとか、カフェのおばさんとか、飴《あめ》ちゃんくれるおじさんとか」

おい、最後のなんだ。

でもまぁ、思い出があるなら大丈夫か。それに……今のサティはけっこう強い。

「わかった。じゃあ、一緒に行くか」

「はい!!」

「ふふ。ではラスさん、サティさん。王都までの護衛、お願いします」

というわけで、ケインくんたちと一緒に王都へ行くことになった。

翌日。

俺、サティ、ケインくん、マルセイくん。そしてケインくんの商会の人たち十名が集まった。

人間が乗る馬車が二台、荷物を運ぶ荷車が三台ある。けっこうな大所帯だ。

マルセイくんは商会の人たちに指示を出し、ケインくんは俺の元へ。

「あの、ラスさん。先ほど仕入れた情報なんですけど、どうやら近くで盗賊が出たらしいです」

「ほう」

「うちは見ての通り、けっこうな荷物を運ぶので、もしかしたら」

「ああ、大丈夫。その時は俺が……いや、俺とサティで戦う」

「……大丈夫なんですか？」

この『大丈夫』は俺じゃない。サティに対する『大丈夫』だ。

サティをチラッと見ると、商会の女性と一緒に、運搬用の馬に水を与えていた。女性がニンジンをサティに渡し、馬に食べさせては笑い合っている。

「あいつは優しい。でも、強くなるには『一線』を超えなきゃならない時が必ず来る」

「…………」

「ま、大丈夫だろう。いざという時は、俺が助ける」

「……はい」

ギルガたちに見送られ、俺たちは王都に出発するのだった。

ハドの村から王都まで、普通に進んで二週間……はぁ。

せっかく新しい風呂ができたのに、まだ一回しか入っていない。俺の予定としては、訓練後にゆ～っくり風呂に浸《つ》かりながら晩酌……露天風呂で夜空を眺めたりしたかったのに。

「はぁ～あ……」

「師匠、どうしたんですか？」

「……いや、風呂に入りたくてな」

「師匠。帰ればいくらでもお風呂に入れるんだし、今は護衛に集中しましょう!!」

ごもっともだ。

現在、馬車の周囲は俺、サティ、商会で雇った護衛、そしてマルセイくんで守っている。ケインくん曰《いわ》く、この辺りで盗賊が出たので注意とのことだ。

見た感じ、マルセイくんはなかなか強い……たぶん、スキルなしだったらサティじゃ勝てない。

俺は、マルセイくんに聞いてみた。

「マルセイくん。キミは『スキル』を持っているのか？」

「冒険者、傭兵《ようへい》、護衛には必須っすよ。まぁ、ラスさんみたいな『神スキル』じゃない、ありふれた『剣豪』のスキルですけどね」

「いや、『剣豪』も立派なレアスキルじゃないか」

「まぁ……運が良かったっす」

マルセイくんは曖昧に笑う。

スキルには種類、そして順序がある。

まずノーマルスキル。これは一般的なものだ。

そして、エピックスキル。レジェンドスキル。この辺りはレア中のレア。持っている人も多くないし、高位の冒険者や傭兵なんかは持っている。

そして『神スキル』……スキルの最上級で、持っている人はほとんどいない。ま、身の回りにけっこういるから、そんな気があまりしないけどな。

すると、馬車の窓が開く。

「ラスさん、そろそろ休憩しましょう。お昼も近いですし」

「おう。じゃあ……お、いい水場がある。あそこにしよう」

少し先に、綺麗《きれい》な小川があった。

そこまで行き、ケインくんたちや商人たちが馬車から降りると、食事の支度を始める。

俺も手伝おうとしたが拒否された。

「ラスさんはずっと護衛してくれたんですし、休んでていいですよ」

「護衛といっても、何もしてないがな……」

「あはは。じゃあ、周囲の見回り、お願いします」

そう言われたので、俺はサティを連れて小川の周囲を歩く。

「魔獣とか出ると思ったんですけどね……」

「サティ。確認しておく」

「はい？」

「魔獣はともかく、人間は倒せるか？」

「……え？」

「……この辺りで、盗賊が目撃された。こんな大所帯で、荷車を三つも運搬している商会は、奴《やつ》らには絶好の餌だ。襲撃される可能性も少なくない。その時、お前は斬れるか？」

「……え、えっと」

「真に強くなりたいなら、これは越えるべき壁だ。まぁ、できないなら下がっておけ」

「し、師匠……」

「こればかりは、何も助言しない。お前が考えて、行動するんだ」

「……は、はい」

それだけ言い、俺とサティは馬車に戻ることにする。

いい香りがする。これは、野菜たっぷりのスープを作っているな。匂いだけでもうまそうだ。

俺が一人で王都に向かった時なんて、干し肉かじってたのに……ありがたい。

と――サティに『人を殺せるかどうか』を語った直後。

「盗賊だーっ!!」

「いや早《はえ》ぇえよ!?」

思わずツッコミを入れてしまう俺。馬車に戻ると、すでに戦闘が始まっていた。

「積荷を全部よこせ!!　男は殺せ!!　女は連れて行くぞぉぉ!!」

「「「「おぉぉぉう!!」」」」

うわ……典型的な盗賊団だな。

数は……三十人くらいか。なかなか規模が大きい盗賊団だ。

武器は剣、槍《やり》、離れた場所で弓。後方に首領っぽいのがいる……ふむ、なかなかいい陣形だ。

食事の支度を始めて、傭兵たちが周囲を警戒し、何もないと判断して気を緩めた瞬間の襲撃だな。

俺はサティに言う。

「いいか、覚悟が決まらないうちは、こっちに来るなよ」

「あ……」

俺は剣の柄《つか》に触れつつ走り出す。

「死ねや!!　──あれ？」

剣を振り下ろす盗賊──だが、一瞬で両腕を肘から切断。盗賊は自分の腕が何でないのか首を傾《かし》げたが、俺はその首を斬り飛ばす。

「マルセイくん、大丈夫か!?」

「うっす!! だが、こいつらただの盗賊崩れじゃねぇ。統率が取れてやがる!!」

「確かに。恐らく、元傭兵か元騎士ってところか。まぁ――倒せばいいだけだ」

俺は半身で構え、向かってくる盗賊たちに突っ込む。

「『閃牙《せんが》』」

居合。一瞬で四人の首を斬り飛ばす。

俺の一番の得意技だ。さーて……残りもやりますか。

◇◇◇◇◇◇

サティは、震えていた。

一線を越える。つまり……人を『殺す』のだ。

確かに、騎士団で盗賊退治をすることもある。アロンダイト騎士団に在籍していた時も盗賊討伐はあった。が……スキルが不安定なサティは、いつも留守番だった。

イフリータが、返り血の付いた鎧《よろい》を、サティに洗うよう命じたこともある。

「あたし、が……殺す」

それをできなければ、成長はない。

イフリータも、恐らくフルーレ、エミネムも通った道。

必要なのは、覚悟。

「きゃぁぁぁ!!」

「っ!!」

顔を上げると、馬車の傍《そば》で女性が襲われていた。

今朝、馬に水と餌を一緒にあげた商会の女性だ。

盗賊が剣を持ち上げ、ニヤニヤしている。

「へへへ……オバさんに興味ねぇんだ。死ねよ」

剣が振り下ろされる――……サティは、自然と動いていた。

動いた瞬間、覚悟が決まった。

「『電磁界《マグネガ》』!!」

左の剣を抜刀し、薄紫色の球体を発射。

盗賊の剣、そして鎧などが引き寄せられ、薄紫色の球体にくっついた。

「うっぎゃ!?　な、なんじゃこりゃあ!!」

「その人にぃ――……近づくなっ!!」

磁力の力でくっつき、反発の力で浮いているので重さはない。

サティが剣を振り回すと、近くにいた盗賊たちも巻き込まれ、くっついていく。

全員が金属製の剣や鎧を装備しているのがアダとなった。

「くらえぇぇぇ!!」

サティが剣を振り回し、近くにあった大岩に叩《たた》きつけると、磁力に巻き込まれた五人の盗賊たちがつぶれ、血が噴き出した。

「『電磁集鉄《バンキング》』!!」

薄紫色の球体を再び生み出すと、盗賊たちの装備、鉄分の含まれた岩などが球体にくっついていく。

そして、大きな『杭《くい》』のような、歪《いびつ》な塊となる。

サティは回転し、盗賊たち目掛けて杭を投げた。

「『鉄壊《ヘクトン》』!!」

鉄の杭が盗賊たちを押しつぶし、完全な肉塊とした。

我に返ったサティは、血塗《ちまみ》れの岩や武器が散らばっているのを見て、真っ青になった。

「あ、あたし……こ、殺し」

商会の女性を、死なせたくなかった。

必死になった結果。今までで一番、磁力を制御できた。

剣を落とした後、腹の奥から何かがせり上がってくる。

「う、っげえぇぇぇぇ!!」

嘔吐《おうと》した。

気持ち悪かった。

初めて、殺した。

「は、ぁ……あ、ああ」

背中が冷たく、腕が震えた。

このまま、凍り付いてしまいそうな――……だが、サティの肩を掴《つか》み、抱き寄せる男がいた。

ラスティス。サティの師匠が、全てを見ていた。

「大丈夫」

「あ……」

「お前は殺した。同時に、救った」

「……え？」

「忘れるな。救うために、殺さなくちゃいけない時が必ずある。その選択を後悔することも絶対にある。だが……逃げることだけは許されない。お前はもう、覚悟を決めたんだ」

「し、師匠……」

「強くなったな。サティ」

「……っ」

サティは、ラスの腕に抱かれ、その胸の中で泣きじゃくった。

◇◇◇◇◇◇

盗賊は、半分ほど倒されると撤退した。

ずっと奥の方で見ていた首領……なかなかやるかもしれん。引き際を見極められる司令官は強い。

というか、まるで俺たちの強さを測っているようにも見えた。

「サティ。大丈夫か？」

「……はい。あたし、ちょっと行ってきますね」

サティの顔色がちょっと悪い。どこに行くのかと思って見ていると、盗賊に襲われそうになっていた女性のところだ。

サティが声をかけると、女性は嬉しそうにお礼を言ってサティを抱きしめる。サティは涙を流し、女性の胸に抱かれていた……もう、心配なさそうだ。

すると、ケインくんが来た。

「一線、超えましたね」

「ああ。もう大丈夫……一皮剝《ひとかわむ》けた感じかな」

「はい。と……怪我人《けがにん》は出ていません。馬車や荷車も無事でしたので、盗賊の死体を処理したら出発します」

盗賊の死体は、集めて焼いて骨は埋める。

装備関係は回収したいところだが、荷物になるので持っていけない。質のいい装備でもないので、盗賊たちと一緒に埋めてしまう。放置したら盗賊が回収に来るかもしれないしな。

商会の人たちは手慣れた感じで死体を焼き、埋めていく。

すると、サティが来た。

「あの、師匠。さっき、盗賊たちが襲ってきたとき、けっこううまく『磁力』を操れました」

「そっか。まぁお前は、磁力と雷の切り替えがヘタクソなだけで、どちらかだけなら発動もそこそこ早いし、技も豊富にある。とにかく、使い慣れていくしかない」

「はい!!」

サティも元気が出たようだ。

死体の処理が終わり、馬車は再び出発した。

盗賊を追い払い、俺とサティはケインくんの乗る馬車へ。マルセイくんは外で護衛たちと警護している。なんか申し訳ないな。

「あの、ラスさん。実は少し気になることが」

「盗賊のことか?」

「え……?　師匠、どういう」

ケインくんは「ご名答」と言い、サティはポカンとする。

「どうも、さっきの襲撃が中途半端な気がして」

「俺も思っている。あー……俺の考え、言ってもいいか？」

「はい、お願いします」

サティは口を挟むべきではないと、俺とケインくんを交互に見ながら黙っている。

「さっきの襲撃は様子見だろうな。こっちの戦力を把握するのが狙いだろう。恐らく、二度目の襲撃がある」

「え、え……」

「さっき襲撃してきた盗賊、いい装備を使っていたのは数人だけで、残りは微妙な装備ばかりだった。盗賊団の中でも使えないヤツを決死隊にして、こっちの人数、スキル、装備、荷物なんかを確認してたんだろ。首領っぽいヤツはすぐ撤収できるような位置にいたし、その周りを固めていた連中もなかなか強そうな感じだった」

「さすがですね。実はボクも、同じことを考えていました」

「ああ。普通は、一度の襲撃を乗り越えたら、もう襲撃はないと油断するモンだ。恐らくだが……次、襲撃があるとしたら、さっきの盗賊団の『本隊』が来るだろうな」

「……こちら、ご覧ください」

ケインくんは、アルムート王国までの地図を出す。

そして、車内で広げ、ペンでいくつかマークをした。

「襲撃するとしたら――……どうしても通らないといけない森が一か所あります。他にもルートはありますけど、襲撃するなら森の中か……」

「いや、そこじゃない」

「え」

俺はケインくんの地図に、もう一つマークをした。

「森の出口だな」

「……なぜです？」

「あからさますぎる。確かに森の中は身を隠しやすいし、襲撃にはもってこいだ。でも……王都に行くルートでは必ず通る森なんて、普通に考えたら最も警戒する場所だ。しかも盗賊たちは一度襲撃している。森の中で防護系のスキルを展開する可能性もあるし、攻撃系スキルを持つ護衛たちが最大級の警戒をする可能性もある。だったら……森を出て安心したところを狙って、不意を衝《つ》く」

「……な、なるほど」

「あくまで一案だ。なんとなくだけど、この盗賊の首領は馬鹿じゃない。思いもよらない手段を使う可能性もあるってこった」

「……し、師匠、すごい」

「では、どうします？」

「……よし、こうするか」

俺は『森抜け』のアイデアをケインくんに説明。さっそく実行することに。


「さて、頑張りますかね」

俺は一人、馬車の屋根に立っていた。

進んでいるのは森。小鳥や虫の鳴き声がけっこう聞こえる。日があまり差さないので薄暗く、けっこう涼しい。

現在、俺は一人で馬車の護衛をしていた。

「『開眼』」

目を開き、周囲を確認する……怪しい、不自然な力の流れを見極める。

虫が動いて葉が揺れたり、葉っぱが落ちてひらひら揺れたり……いろんな流れが見える。

「ラスさん、あまり無茶しないでくださいい」

「大丈夫だって」

森抜けの方法……それは、俺が一人で馬車の護衛をして、護衛たちにはたっぷり休んでもらう。

俺が七大剣聖だとみんな知っているので、不安よりむしろ安心して休んでいる。こういう時、この七大剣聖って肩書はありがたいな。

「とはいえ――……常時『開眼』は、ちょっとキツイわ」

十代だったころは、朝から晩まで『開眼』してもぴんぴんしてたんだが……今はちょっとキツイ。

やっぱ老いってスキルに影響するのかな……団長とか、歳《とし》重ねてさらにスキルが強くなってるけど。

そして、馬車が走ること数時間……今のところ、不自然な感じはない。

あと数十分で、森を脱出できる。

「……確定だな」

森には、何もない。恐らく、森の出口か……その先か。

俺は剣の柄に手を添え、ケインくんに言う。

「ケインくん。馬車を走らせたまま、護衛を起こして準備させてくれ」

「……やはり、いますか？」

「恐らくな。少なくとも、森の中には何もいない。森から馬車が全部出たら、矢の一斉射撃くらいあるかもしれん」

「……っ」

「とりあえず、用意だけ。俺は迎撃態勢に入る」

それだけ言い、先頭を走る馬車の屋根に移動……すると。

「師匠!!」

「おま、危ないぞ!!　馬車に戻れ!!」

「あたしなら、飛んでくる矢を止められるかもしれません。矢って鉄ですし」

「お前な……仮にできるとして、ぶっつけ本番でできるのかよ」

「わ、わかりません。でも……できるなら、やりたいです」

「ダメだ。危険すぎる」

「でも」

「サティ、我儘《わがまま》言うな」

「……はい」

そして、馬車が森から出た瞬間——……『流れ』が変わった。

空を切る何か。俺は力の流れの方を向き、眼《め》を閉じた。

「『大開眼』」

目を開け、飛んで来る『矢』を見る。

距離は百メートルほど。草場に伏せた状態での一斉発射。

矢の数は百ほど……さっきの盗賊の本隊に違いない。

さすがに、これだけの数を斬るのはめんどくさい——……が、斬る。

「『閃牙《せんが》・乱《らん》』」

大開眼状態なら、時間が緩やかに感じられる。

俺は飛んで来る矢を全て斬り、馬車の上に戻った。

大開眼解除……すると、空中で全ての矢が両断された状態で落ちる。

「敵襲!! 盗賊の本隊だ!!」

叫ぶと、馬車から護衛たちが飛び出した。

草場に伏せていた盗賊たちも立ち上がり、一斉に剣を抜く。

中には、さっき見たボスもいた。矢が全部両断されているのを見て舌打ちする。

「サティ、敵はかなり手練《てだ》れだ。混戦になるから大技は使うな!! お前のスキル制御じゃ味方を巻き込む!!」

「は、はい!!」

さて、混戦か……相手は百人の盗賊、こっちは十人ほどの護衛に俺、マルセイくん、サティ。

はっきり言って滅茶苦茶《めちゃくちゃ》不利だが……みんな、俺がいると知っているので勇敢に立ち向かってる。

「さて、俺も仕事する――……ん?」

と、気合を入れた時だった。

上空から、刀身が反り返った『曲刀』が、クルクル回転しながら落下、地面に突き刺さった。

「な、何ですか? け、剣?」

「こいつは……」

すると――同じ形をした曲剣が、いくつも回転して落ちてきた。

サティが警戒、双剣を抜く――だが俺は叫んだ。

「全員!!　撤退!!　馬車に戻れ!!」

「えっ!?」

サティが驚愕《きょうがく》する。

護衛たちは、俺が何かすると思ったのか、一斉に撤退。

盗賊たちが一斉に向かってくる。

「し、師匠!!　ど、どうすれば」

「ああ、大丈夫」

俺も、柄に乗せていた手を外し、馬車の屋根にどっかり座った。

すると、俺の隣に、どこからともなく誰かが現れた。

「いいタイミングだ。まさか、お前の獲物だったとはな」

「ははっ」

軽薄そうでニヒルな笑顔、胡散臭《うさんくさ》いサングラス、編み込んだ金髪に、リーゼント。

俺に向かって軽く手を上げたのは。

「よーうラス、久しぶりじゃねぇか」

七大剣聖序列四位、ラストワン・テンカウントだった。

ラストワン。七大剣聖序列四位の剣士。

剣士といっても、こいつはちょっと……いや、かなり特別だ。

ラストワンが指を鳴らすと、『曲刀』が現れてはクルクル回転する。

「悪いなラス。こいつは、オレの案件だ」

「別にいいけど。あー、楽できるわ。じゃ、あとは頼む」

「ちょ、師匠!! リラックスしすぎです!! お久しぶりですラストワン様、その、お手伝いを!!」

「ははは。いらねーって。ま、見てな」

ラストワンが馬車から飛び降りた。

そして、向かってくる盗賊に向けてダッシュ。

「『Two hundred《トゥ・ハンドレッド》』」

ラストワンが指を鳴らすと、空中に大量の曲刀が現れ回転。ラストワンが手を盗賊たちに向けると、回転する曲刀が盗賊たちに飛んでいく。そして、ブーメランのように軌道を変え、曲刀が盗賊たちを一気に切り刻んだ。

「な、なにあれ……すごい」

「ラストワンの神スキル、『神増《しんまし》』だ。見ての通り、あいつは触れたモンを何でも増やす。とにかく増やす。で、あんなふうに投げて戦う」

「す、すごい」

「ちなみに、素の剣技も強い」

ラストワンは、西方で手に入れた『曲刀』を気に入り、自分の剣として使ってる。神スキルで数を大量に増やし、一気に投擲《とうてき》して戦う殲滅《せんめつ》戦を何より得意としてる。

どのくらい増やせるのか？　試してみたが、二千を超えても「まだいける」みたいな感じだったので検証していない。

まぁ、あの盗賊はラストワンの案件みたいだし、任せていいか。

「ケインくん。あとはあいつに任せて、ここから離脱しよう」

「え!?　い、いいんですか!?」

「ああ。あいつの案件らしいし」

「し、しかし……七大剣聖が戦っているのに、素通りするのは」

真面目だな。まぁ……なんであいつの案件なのか、事情くらいは聞いてもいいかな。

とりあえず、ラストワンが戦っているのを眺めながら、俺は欠伸《あくび》をした。

「師匠……ほんとに、手助けとか」

「いらないって。ほら見ろよ、もう首領とその取り巻きくらいしかいない」

サティも、馬車の上で寝転んでいる俺の隣に座っている。

ラストワンが首領に何かを言うと、首領の顔色が悪くなる。そして、無数の曲刀を生み出して側近たちを始末し、首領の首に剣を突きつけた。

「おお、終わりそうだ」

「す、すごい……百人くらいいたのに、十分もかからず制圧しちゃった」

お、ラストワンが首領の首を切断した……盗賊、あっけなく終わってよかったぜ。

ラストワンが、盗賊首領の生首を手に戻ってきた……そんなモン見せながら来るなよ。

「ようラス。はは、聞いたぜ～？　お前、団長に喧嘩《けんか》売ったんだってな!!」

「……会うなり何だっつの」

「団長、ずっとイライラしてたからな。それと……久しぶり、サティちゃん」

「ラストワン様!!　お久しぶりです!!」

「お、元気だな。うんうん、いい感じだぜ」

「お前な……その生首、なんとかしろ」

ラストワンは「おっと」とつぶやき、持参した袋に首を入れる。

周囲にもう盗賊の気配はない。馬車や積荷の確認、ついでに死体の処理をするために停車中だ。

ケインくんは指揮を執り、マルセイくんもその手伝い。

というわけで、ラストワンには俺が話を聞くことに。

「で、なんでここにいるんだ？　しかも一人で」

そう言うと、ラストワンは生首の入った袋を持ち上げる。

「コイツ、この辺りじゃけっこうデカい盗賊団の首領でな。ウチの娼館《しょうかん》の女たちを攫《さら》いやがったんだ。で、頭に来たからアジトをブッ潰して女を取り返した。首領もブチ殺そうと思ったけどいなくてな。アジトにいた盗賊に、ここで襲撃するって話を聞いたんだ。まさか、お前がいるとは思わんかったぜ」

「なるほどなぁ」

ラストワンは、王都で一番でかい娼館を経営している。爵位を与えられるはずが拒否して、その代わりに王都の一等地と大金をもらって開業する変わり者だ。

ラストワンは、ニヤニヤしながら言う。

「いろいろ聞いたぜ？　団長に喧嘩売って、団長の愛娘《まなむすめ》連れて領地行ったんだろ？　で、団長の息子と一緒に再び王都へ……くくっ、団長がどんな顔するかマジで楽しみだぜ」

「うるせっ!!」

「それと、上級魔族」

ラストワンは、真面目な顔で言う。

「ワリーな。手助けできればよかったんだけどよ……お前がギルハドレッドに戻った直後、お前と接触することを禁じられちまったんだ。ま、団長の私怨だけど、逆らうわけにはいかなかった」

「気にすんな。上級魔族っつっても、大した連中じゃなかったしな」

「……師匠、その『大した連中じゃない』魔族に、あたしやフルーレさんは殺されかけたんですが」

「あ、ああ。悪い悪い」

「ほほう、サティちゃんも言うようになったな。それに……いい顔してる。ラスはいい師匠か？」

「はい!!」

「ははっ、そりゃ安心だぜ」

笑っていると、ケインくんがやってきた。

「お久しぶりです、ラストワンさん」

「よ、久しぶりだな、ケイン」

「……あれ、知り合いなんですか？」

サティがケインくんとラストワンを交互に見る。

「ああ。互いに経営者だしな。柄は違うけど、横の繋《つな》がりはあるモンさ」

「まさか、こんなところにいるとは思いませんでしたよ」

「ははっ、さーて……そろそろ行きますかね」

「なんだ、お前も一緒に行くのか？」

「いいだろ？　歩きでここまで来たんだ。乗せてくれよ」

というわけで、ラストワンも一緒に王都へ向かうことになった。

盗賊襲撃から、特に何もなく馬車は進んだ。

魔獣が何度か現れたが、サティが頑張ってくれたおかげで、俺とラストワンは何もしていない。

そしてようやく、王都が見えた。

「あー……着いちまった」

「ははっ、諦めろ。終わったらウチの店で遊んでいいからよ」

「そりゃいいな」

「遊ぶ？　そういえば……ラストワン様のお店って」

おっとサティ、それ以上はナシだぜ。

ラストワンもわかっていたのか、話題を変えた。

「それと、飲みにも付き合えよ。いろいろ話したいこともあるしな」

「お前の奢《おご》りな」

「おいおい、フツーは年長者が出すモンだろ」

「金欠なんだよ。わかってんだろ？」

そう言うと、ラストワンは笑う……こいつはいつも明るい。七大剣聖の中でも一番明るい男だ。

ラストワンは真面目な顔で言う。

「そういや、ランスロットの話、したっけか」

「……いや」

「…………」

サティの肩がぴくっと動く。

俺は視線だけでラストワンに『やめとけ』と語る……だがラストワンは『聞いとけ』と目で語る。

「サティちゃん、あんまりいい話じゃないけど、言っていいか？」

「……お願いします」

「まず、上級魔族の件。王都じゃなぜかランスロットの手柄になってる」

「……は？」

「お前も戦ったことにはなってる。だが、どうもランスロットが中心となって上級魔族に対処したことになっててなぁ……しかも、城下町でも『ランスロット様が上級魔族を討伐する指揮を執った』って話が、『ランスロット様が上級魔族を討伐した』にすり替わってる。吟遊詩人なんて、ランスロットを英雄とする歌まで作って歌ってやがる」

「……あー」

「それで、団長の機嫌は悪い。なーんもしてないのに、ランスロットが指揮を執ったってことで、アロンダイト騎士団が動いたことにもなってるし。すぐに動かなかったアルムート王国聖騎士団は批判までされてるぜ」

「おいおい、マジか……」

「今じゃ、アロンダイト騎士団は王都で英雄扱い。スキルを持つ女の子たちの入団が殺到してるって話だ。お前、ずっと領地に引きこもってたし、報告も手紙一つで終わらせたしな。それに……お前、自分の手柄に無頓着だから」

「…………」

ラストワンは肩をすくめて、どこか呆《あき》れたように言う。

「前にも言ったけど、ランスロットの増長はお前にも責任あるからな。ちゃーんと、話すなら話せ」

「…………」

「それと、サティちゃん」

「は、はい」

「王都は今や、アロンダイト騎士団が大人気だ。団員に会っても、喧嘩しないようにな」

「そ、そんなことしませんから!!」

サティは全力で否定した。

あーあ……手柄とかどうでもいいけど、やっぱランスロットと話さないとダメか。

「それにしても、なんで王都が見えるタイミングで、こんな話するんだ？」

「決まってんだろ。会って早々、団長やランスロットの話なんかしたら、王都に向かう道中嫌な雰囲気になるだろうが」

「そりゃそうか……さすが、気遣いの天才ラストワン」

「ははっ、そんな愛称初めて聞いたぞ？」

ラストワン、何だかんだでいい奴だ。

奢ってとは言ったが、屋台で奢るくらいはしてやるか。

第三章　脇役剣聖、巻き込まれる

「じゃ、俺らは王城行ってくる。いつ帰るかわからんから、自由にしてていいぞ」

「はい!!」

王都に到着し、ラストワンのおススメ宿を一部屋取り、サティは荷物を置く。

到着するなり、ラスはめんどくさそうにため息を吐《つ》いた。どうやら、王城に行きたくないらしい。

ラストワンは、サティに小さな包みを渡した。

「サティちゃん。お兄さんからお小遣いだ」

「えっ、そんな、お金持ってますし、大丈夫です!!」

「いいって。若いんだから、そういうの気にしないでもらってくれ。で、パーッと使っちゃいな。美味《うま》いスイーツ食べるのもいいし、可愛《かわい》い服やアクセサリー買うのもいい。ずっと修行ばかりだったんだろ？　気晴らしも必要だ」

「ラストワン様……」

「む……じゃあ俺も。ほれ」

ラスは、金貨を一枚サティへ渡す。

「あー……気付かなくて悪かったな。お前もその、女の子だしな……必要なモン、いろいろあるだろ。村じゃ揃《そろ》わない物、あるもんな」

「師匠……」

「ほほー、オレに対抗か？」

「アホ。ほれ、さっさと行くぞ」

ラスは部屋を出て、ラストワンも「じゃ、また」と出て行った。

ラストワンの包みを開けると、金貨が三十枚ほど入っていた。これだけあれば欲しい物は何でも買えるし、遊べるだろう。

「……ありがとうございます」

サティは小さくお礼を言う。

そして、普段着に着替え、腰に剣を二本差し……気付いた。

「……そういえば、ずっと使ってる剣、ボロボロかも」

ラスから借りた鉄の剣は、ボロボロだった。

雷の制御ができるようになってからは溶解させることもなくなったが、魔獣や盗賊との戦いでだいぶ傷んでいる。

「せっかくだし、武器屋を覗《のぞ》いてみよっかな」

サティはそう決め、さっそく出かけるべく部屋を出た。

サティは、オシャレなどに特に興味はない。

甘いものは好きだが、それだけのために店に入ることもない。

アクセサリーは、「チャラチャラして邪魔」と身に着けない。例外は髪留めくらい。

趣味は特になかったが、最近は『神スキル』を磨くことが何より楽しい。

そして、もう一つ。

「剣。どんなのあるかなー」

サティは、剣が好きだった。

剣術は得意でも苦手でもなかった。でも……剣の造形的な、形が好きだった。

今は、ラスからもらった古い双剣を使っている。

せっかく王都に来たのだし、自分だけの剣を買うのもいいかも……と、考えていた。

「えっと……武器屋、どこかな」

アルムート王国、城下町。

王都の名前もアルムート。建国何年とかは、サティにはわからない。

好きなパン屋などはあった。でも、騎士団在籍時、休みの時もスキルを磨いていた。なので、王都にはあまり詳しくない。

サティは、詳しい人に頼ることにした。

「えっと、この辺だったかな……あ、あった」

サティが見つけたのは、小さなパン屋。

常連と呼んでもいいくらいは通ったことがあり、店に入ると。

「いらっしゃい……おやまあ、サティちゃん」

「おばさん、お久しぶりです」

「いや～、久しぶりだねぇ」

パン屋のおばさんが、サティを見て顔をほころばせる。

サティも嬉《うれ》しくなり、さっそくトレイを手に店内を見て回る。

「あ。これこれ、おばさん特製のクロワッサン」

「ふふ、当店自慢の一品だよ。自家製ジャムもあるからね」

「はい。じゃあ、これで」

クロワッサンを買い、店内の隅にある小さなカフェスペースへ。

そこで、買ったばかりのパンを食べていると、おばさんがお茶を淹《い》れてくれた。

「サティちゃん。最近見なかったけど……騎士団、やめたのかい？」

「え、ええ……いろいろあって、今はギルハドレッド領地にいます」

「ギルハドレッド領地……遠いねえ」

「今日は、師匠のお供で来ました。えへへ……おばさんのパン、すごくおいしいです」

「そりゃうれしいねえ」

おばさんと笑い合っていると、おばさんの顔が少し曇る。

「どうしたんですか?」

「……実は最近ね、アロンダイト騎士団がねえ」

「え?」

「七大剣聖のランスロット様のおかげで、上級魔族が倒されただろ? それで、アロンダイト騎士団も大活躍だったそうじゃないか」

「……ええ」

違う、と叫びたかった。だが、今はそんなことを言っても意味がない。

「アロンダイト騎士団は全員女の子らしいんだけど……やっぱり、素行の悪い子がいるんだよ。その子たちが、無茶な値引きを強要したり、商品をタダ同然で持っていくことが増えているのさ」

「え……そんなこと、イフリータが許すわけないと思いますけど」

「ああ～……サティちゃん、知らないんだね。アロンダイト騎士団は今、入団者が増えて、新しく部隊編制されたのさ。四人の隊長で回してた部隊を十三に分けて、『円卓十三騎士《ナイツオブラウンド》』とかいう十三人で回してる。その中の何人かの隊長さんが、厄介でねぇ……」

「……そうなんですか」

いつの間にか、そんな大所帯に……と、サティは思った。

だが、もう自分には関係がない。

「あ、おばさん。この辺に、武器屋ってないですか？」

「武器屋？　ああ、それなら――」

サティは、武器屋の場所を聞いた。

お土産に、焼きたてのパンを大量にもらい、おばさんと抱擁して店を出た。

「おばさん、変わってなかったな……ふふ」

それがうれしく、サティは微笑《ほほえ》む。

焼きたてのクロワッサンを袋から出し、食べながら歩き出した。

そのまま、しばらく歩き慣れた城下町の裏通りを散策している時だった。

「……あ」

見慣れた女性用騎士服を着た数人の女性騎士が、こちらに向かってきた。

しかも――……そのうちの一人は、見覚えがあった。

サティは咄嗟《とっさ》に目を逸《そ》らしてしまうが、向こうは逸らさない。サティの元へズンズンと来て立ち止まる。

「よォ、サティ。ハハッ、騎士団とヴァルファーレ公爵家から追放された出来損ないじゃねぇか」

「……エニード」

クセの付いた群青色のロングヘア。着崩した騎士服。腰に下げた剣。そして、サティを嘲笑《あざわら》うようなニヤけ顔をした少女だった。

　エニードはニヤニヤしながら、後ろにいる少女たちを見てから言う。

「おお、紹介するぜ。コイツらはアタシの部下。ククッ、知ってるか？　アロンダイト騎士団が再編制されてな。お前がいたころの数倍以上の人数になってる。数が増えたから、部隊を十三に分けてそれぞれ隊長が任命された。そのうちの一人がアタシってわけだ」

「……ふぅん」

　エニードは、昔からサティを馬鹿にしていた。それは、今も変わらないらしい。

「気分がいいぜぇ？　今や、アロンダイト騎士団はアルムート王国聖騎士団より立場が上だ。それも全部、親父《おやじ》のおかげよ。くくっ、上級魔族さまさまだぜ」

「……嬉しそうだね」

「そりゃそうだ。上級魔族が来たから、親父が活躍できた。おかげで、今はこんな羽振りもいい」

「エニード。あなた、ヴァルファーレ公爵様が直接上級魔族と戦ったわけじゃないって知ってるでしょ。なんでそんなに嬉しそうなの？」

「ハッ、上級魔族を倒したのは、七大剣聖の脇役だろ？　ンなこと、どうでもいいんだよ。それに、脇役でも倒せたんだ。上級魔族ってのも、大したことネェんだな」

「……脇役」

「脇役剣聖、ギルハドレッドだったか？　まぁ、そいつが頑張ったおかげで、親父の地位も向上したってわけだ。ハハッ、そいつも喜んでるだろうよ」

「………」

パチッ、と……サティの髪が紫電で爆《は》ぜた。

そのことに、エニードは当然気付く。

「んだよ、面白くなさそうだなぁ？　ああ～……お前、脇役剣聖の世話になってるんだっけ？　くははっ、お似合いじゃねぇか？　お前、アイツの奴隷としてご奉仕でもしてんのか？」

エニードは、親指をしゃぶりながらゲラゲラ笑う。

エニードの部下たちはサティを知らないが、『そういう立場の人間』だと気付くなり馬鹿にしたように笑った。

そして――再びサティの髪が紫電で爆ぜる。

「は、なんだ、ヤんのか？」

「師匠を馬鹿にしないで」

「フン、剣聖に言いつけるか？　いいぜぇ？　どうせ脇役剣聖だ。アタシらでも相手できるに決まってらぁ。ああその前に、生意気なお前をシメてやろうか」

エニードが剣を抜こうと柄《つか》に触れた……が。

「……あ？　ンだ、ああ？」

剣が抜けない。部下たちも剣を抜こうとしたが、抜けない。

彼女らは、サティが磁力を操作し、剣と鞘《さや》がぴったりくっついていることに気づいていない。

サティは、右手をエニードたちに向けた。

「『電磁界《マグネガ》』」

「「「「「ッッッ!!」」」」」

エニードたちの身体《からだ》が何かに引っ張られ、ビタッとくっついた。

「なっ!?　てめ、何を、おま、離れっ」

「剣、鞘、ベルト、ボタン、髪留め……ああ、ネックレスに指輪、ピアスなんかもしてるんだ。全員、金属まみれだね。おかげで、簡単にくっつくよ」

ギチギチと、圧迫される。

呼吸が困難になり始めるが、磁力が止まらない。

「エニード。確かにあたしは無能だったけど……今は、追放されてよかったと思ってる。だって、師匠に会えたし、素敵な友人や同志もできた」

「が、ッカ……」

「上級魔族が大したことない？　あたしは、上級魔族がどれだけ強くて恐ろしいかをこの身で体験した。この程度の磁力を振りきれないあなたたちじゃ、出会った瞬間に殺されるよ」

ギロッとエニードを睨《にら》み、ようやく磁力を解除する。

「ッガハ!!　げひっ、げふっ……って、テメぇ!!」

「エニード。不思議なの……以前はさ、あなたも、他の子たちも怖かったし、かなわないと思った。でも……今は、全然怖くない」

「っ!!」

エニードは、サティの目が冷たく、どこまでもエニードに無関心だと気付いた。

「じゃ、もう行くね」

サティは、エニードを素通りして、街の大通りに戻る。

エニードは、サティの目を見て悟ってしまった。

「……っ」

一皮剝《ひとかわむ》けた。何があったのかは知らない。だが……サティはもう、エニードの知る『弱虫』ではなくなっていた。

◇◇◇◇◇

「あー……かったるいな」

「お前なぁ、やる気出せよ。一応、上級魔族についての報告会になるんだぞ?」

「わかってるよ。おいラストワン、終わったら酒飲もうぜ」

そんな会話をしつつ、アルムート王城へ。

城内に入り、七大剣聖が集まる大会議室へ。会議室に入ると、俺とラストワン以外揃っていた。

そして、意外な人物がいた。

「やあ、ラスティス」

「アーサー王子殿下。お久しぶりです」

アーサー。アルムート王国の王子。王の実子であり、次期国王でもある。

この国は一夫多妻制だ。王も貴族も側室を持つことが許されているが、現王ディスガイアは一人の妻を愛し、側室を誰も取らなかった……しかもその妻、王の幼馴染《おさななじみ》で男爵家の娘とか。

さらに、このアーサー、スキルを持っていない。そのことに悲観することもなく、勉学に打ち込んでおり、国民や臣下たちの信頼も厚い。

おっと、今はそれどころじゃない。俺とラストワンは殿下に一礼する。

「さ、座ってくれ。ラスティス、みんな君の話を心待ちにしているよ」

そんな明るい笑顔で言われてもな……楽しい話とかじゃないし。

椅子に座ると、隣にいたフルーレがウインクしてきた。

「ではこれより、七大剣聖会議を始める。まずは、殿下から」

「ああ。皆も知っての通り、十四年ぶりに上級魔族が現れた。かつての『冥狼侵攻《めいろう》』……私はまだ四歳だったが、その恐ろしさは報告書を読むだけでも伝わってくる。上級魔族が現れた以上、魔界領地、または魔界から再び、魔族が現れるかもしれん……皆、用心してほしい」

真面目すぎる。まぁ、それが普通だけど。

アーサー殿下は、俺を見た。

「ラスティス。上級魔族と接触し戦闘した君に、事の詳細を」

「殿下、よろしいでしょうか」

と、ここでフルーレが挙手。この行為に、団長がフルーレを睨む。

「フルーレ。殿下の話を遮るとは、礼儀を忘れたか？」

「いえ。一つ訂正を。殿下は重要な間違いをしています」

「間違い……ああ、済まない。上級魔族を討伐したラスティス、戦闘に参加したフルーレだったね。どうも、城下の噂《うわさ》が耳から抜けなくてつい。すまないね、フルーレ」

「いえ。差し出がましい真似《まね》をしました」

どっちでもいい!!　ギスギスすんな!!……と、言えたらいいんだがな。

本当に、誰が倒したとか俺はどうでもいい。

アーサー殿下が俺を見て頷《うなず》くので、俺は言う。

「いろいろ考えたけど、ここで取り繕っても仕方ないから本音で言う。今回現れた上級魔族は、『冥狼侵攻』時に現れた上級魔族と比べたらザコもいいところだ」

俺の言い方が気に入らなかったのか、団長が口を開きかける。

が、アーサー殿下が手で制した。

「団長、ランスロットは知ってると思うが、『冥狼』ルプスレクスが従えていた上級魔族の強さは、七大剣聖に匹敵する強さだ。『理想領域《ユートピア》』の質、戦闘の腕前、全てが最高レベル。今回の上級魔族はザコ……しかもあいつら、観光気分で戦ってたせいか、ツメが甘いし『領域』もお粗末だった。本当の『理想領域《ユートピア》』だったら、入った時点で何らかのダメージを受けてもおかしくない」

ま、今回はマジでザコだった。

本来の上級魔族だったら、俺でももう少し苦戦したはず。

「あいつらは七大魔将の一体、『天翼』ラクタパクシャの部下らしい。どうやら、『天翼』らは、海を越えて人間界に来る術を確立させつつある」

「……それは、一大事だね」

「ええ。まだ詳しいことは不明ですけどね。まぁ、ザコとはいえ上級魔族が二人死んだんだ。『天翼』側も、何かしてくる可能性があるかもしれない」

「そうか。では、対抗策は？」

「簡単です。俺たち七大剣聖、そして騎士、兵士たちが、今よりさらに強くなればいい」

会議室内は静まり返る。

俺は間違えたこと、言ったつもりはない。

「正直、俺とランスロットと団長以外、上級魔族との戦闘経験が――……ああ、ランスロットは戦ってないな。俺と団長以外に上級魔族と戦ったことがないのはまずい。十四年前に戦った騎士も、兵士も、相手にしたのは魔獣や中級魔族だけだしな。たぶん、俺と団長以外は上級魔族に出会ったら、四割くらいの確率で負けると思う」

「そ、そこまでなのかい？」

「ええ。みんな『理想領域《ユートピア》』の恐ろしさ、知りませんからね」

俺ははっきり言う。ラストワン、アナスタシア、ロシエルは面白くなさそうだ。

だが、『理想領域《ユートピア》』を経験しているフルーレは言う。

「……わかるかも。あの、魔族の腹の中にいるような怖気《おぞけ》、不快感……一度経験しないと、普段の力は出せないわね」

「だろ？　お前が上級魔族に手も足も出なかったのは、無意識のうちに身体が『理想領域《ユートピア》』を拒絶……恐れたからだ。これぱかりは、いくら戦闘の経験を積んでもどうにもならない。でもフルーレ、もし次に上級魔族と出会うことがあったら、お前はもう怯《おび》えたりしないさ」

「……ふん」

フルーレはそっぽを向く。

アーサー殿下は、顎に手を当てて考え込む。

「では、どうすればいい？　まさか、上級魔族を捕らえて『理想領域《ユートピア》』を展開させ、その中で修行するわけにもいかないだろうし……」

「俺としては、七大剣聖を含め、もっと対人戦闘の技能を磨くべきだと思います。上級魔族のほとんどは人の姿をして、人が扱う武器を持つ。例外はありますけどね」

「では、対人訓練を増やし――……」

と、俺は殿下を手で制する。

「ただし、普通の対人戦闘じゃない。それじゃヌルすぎる。それこそ――……命がけの戦いレベルじゃないと、意味がない」

「なるほど……では、どうする？　まさか、命がけで戦えと？」

「俺たち七大剣聖はそうするべきですね。騎士、兵士たちは――……そうだな、普段やるような摸《も》擬《ぎ》戦じゃない。それこそ、昔やったような『闘技大会』みたいに戦わせるとか」

なんとなく出した意見だが、ランスロットがニヤリと笑ったような気がした。

「では、いい案がございます」

「ん、なんだい、ランスロット」

「アルムート王国聖騎士団。そして、我がアロンダイト騎士団……さすがに全員とはいきませんので、各騎士団の代表を何名か選出し、戦わせるというのはいかがでしょうか」

「!!」

お、団長が反応した。

団長が口を開きかける前に、アーサー殿下が言う。

「おお、それは面白そうだな!!　歴戦の英雄たちが集うアルムート王国聖騎士団。そして、ランスロットの娘たち、今をときめくアロンダイト騎士団の戦いか。しかも、理にかなっている」

「そうでしょう？　ねぇ、団長」

「……フン」

団長は歯を食いしばり、かろうじて声を出した感じだ。

これ、もしかすると……めんどくさいことになるかもしれん。

「よし!!　アルムート王国聖騎士団とアロンダイト騎士団の闘技大会としよう。詳細については後程。まずは父上に話をしておこう」

「はっ、ありがとうございます」

なぜかランスロットがお礼を言った……なんか、これもランスロットの功績になりそうな気がする。しかもアーサー殿下、なんかウキウキしてるような気もする。

「では、戦力向上のための闘技大会を開催しよう。七大剣聖に関しては、ボーマンダとラスティスに任せることにする」

アーサー殿下が言い、俺たちは席を立ち敬礼した。

こうして、この日の会議は終わった。

ランスロットと話そうとしたが、終わるなりさっさと会議室を出てしまう。団長には睨まれるし……あーあ、だから目立つような発言、したくなかったんだが。

まぁ、いい。

上級魔族……俺の予想だが、また近々来そうな気がする。悪目立ちしても、今の状況をきっちり伝えておかないとな。

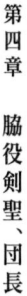

第四章　脇役剣聖、団長と飲む

話し合いが終わり、俺は真っ先に団長の元へ。

「団長、いいですか？」

「……なんだ」

「以前はその、生意気言ってすみませんでした」

頭を下げる。

大会議室にはまだ全員いる。俺が頭を下げるところを全員が見ていた。

すると、団長は大きなため息を吐《つ》く。

「来い」

「あ、はい」

団長と一緒に、大会議室の隣にある小会議室へ。会議室に入るなり、団長は言う。

「七大剣聖ともあろう者が、人前で易々《やすやす》と頭を下げるな!!」

怒られた。

団長、けっこうイラついてるみたいだ。でも、俺には関係ない。

「人前だろうと、王の前だろうと、俺は悪いと思ったら頭を下げますよ。今回は、団長相手に生意気な態度を取ったことに関して頭を下げます。でも……団長の命令を無視して、ギルハドレッドに向かったことに後悔はありません。罰はいくらでも受けます」

「……はぁ」

団長はため息をまた吐いた。

「もういい。その件に関しては不問とする。結果的に、貴様は上級魔族を倒したのだからな」

「……ありがとうございます」

「だが!! 貴様がエミネムを連れて行ったことに関しては話が別!! あれ以来、エミネムのやつは訓練に身が入っておらん!! 貴様、本当に娘に何もしていないだろうな……!!」

「ひっ……え、えっと、本当に何もしていないのですが。はい」

こ、こっわ!! めちゃくちゃこめかみに青筋浮かんでるし、眼《め》も血走ってる!!

い、今の団長とは絶対に戦いたくない。うん。死ぬ。

「……まあいい。ラスティス、少し話がある。ここではない、別の場所でだ」

「いいですけど。あー、飲みながらでいいっすかね」

「……いいだろう」

「じゃ、あいつの店で仕切り直しますか」

こうして、俺は団長と一緒に、王都へと繰り出すのだった。

団長とやって来たのは、王都の中心から少し外れた場所にある高級バーの個室。

個室の壁には大きな水槽が埋め込まれ、綺麗《きれい》な魚たちが泳いでいる。

室内には、オーケストラの演奏が流れている。一階にあるホールで演奏し、それを『魔道具』を使い個室に流しているらしい。

部屋の中心にテーブルがあり、椅子は五脚……そこに、俺、団長、アナスタシア、ラストワン、フルーレの五人が座っていた。

団長は、少し青筋を浮かべて言う。

「おいラスティス……なんだ、この連中は」

「あ、あはは……な、なんでしょうね。あ!! だ、団長の私服って初めて見たなぁ～」

団長の私服はシンプルなシャツにズボンだ。団長はムキムキだし、こういうシンプルなシャツを着ると筋肉が盛り上がっているのがわかる。いやだから何だよって感じだ。

俺はラストワンたちに言う。

「おいラストワン、なんでお前らがいるんだよ。お前と飲むのはまた今度って言っただろうが」

「ここ、オレの経営する店の一つだぜ。アナスタシアを誘って飲もうと思ってたら、お前と団長が来たんだ。で、席が個室しか空いてなくてな……ま、七大剣聖で飲むのもいいかなと思ったってわけよ」

「お前な……おいアナスタシア、いいのかよ」

「別に、構わないわ。あなたと団長がどんな話をするのか気になるし」

アナスタシアは、濃いブルーのロングドレスを着ていた。デカい胸がドレスの胸部を持ち上げ、ウェーブがかった髪は下ろされて波打っている。シンプルな眼鏡もアクセサリーみたいに見える。

そして、もう一人。

「で、フルーレ。お前は？」

「……別に、飲みたい気分だから適当な店を探していたら、ここを見つけただけ」

「そりゃすごい偶然……」

「フフ。素直に『ラスティスのあとをつけていた』って言えば？　素直になれないなんて、可愛《かわい》いのね」

「はあ？　なにおばさん、何か証拠でもあるのかしら」

「……今、なんて？」

アナスタシアが持つグラスに亀裂が入る。

フルーレも引く気がないのか、アナスタシアを睨《にら》んでいた。

「待てマテ。なんで険悪になってるんだ。おいフルーレ、アナスタシアはまだ二十四歳だ。こんな美女相手におばさんとかあり得んこと言うなって」

「……っ」

「フン、別にいいけど」

アナスタシアがごまかすようにワインを一気飲みし、おかわりを要求した。

なんか顔赤いし、もう酔ったのか？

と――ようやく団長を思い出した。

「……おいラスティス。そろそろいいか？」

「あ、はい。おいお前ら、同席するのはいいけど、俺たちの邪魔はするなよ」

「へいへーい」

「私はお酒を楽しんでいるから」

「私、興味ないし」

団長が頼んだ酒とツマミが到着し、ようやく本題に入るのだった。

「話というのは、先ほど貴様が言った『闘技大会』のことだ」

「ああ、勢いで言ったんすけどね……ランスロットのヤツ、乗り気だったな」

「……貴様、本当に現状を理解しておらぬのだな」

「はい？」

「田舎暮らしだと、王都の噂《うわさ》は耳に入ってこないのか？」

「まぁ、そうですね」

「…………」

団長、濃いテキーラを一気に飲み干す。

俺はワインを飲む。このワイン、かなり美味《うま》い……おかわり!!

「現在、アルムート王国内には、アルムート王国聖騎士団と、ランスロットのアロンダイト騎士団があることを知っているな?」

「さすがにそれくらいは」

「先の上級魔族戦、その功績が全て、貴様ではなくランスロットのものになっているということは?」

「ああ、ラストワンに聞きました」

「……では、国王陛下が、アルムート王国聖騎士団を解散し、兵士として運用することを検討していることは?」

「「「!!」」」

俺、ラストワン、アナスタシア、フルーレが驚愕《きょうがく》。まだ誰も知らない情報のようだ。

「ラスティスにだけ話すつもりだったが、貴様らに聞いてもらうのもいいな。どうやら……ランスロットが手を回しているようだ。今回、上級魔族の件で情報操作をし、不自然な形でないようにいかにも『自分が魔族を倒した』ような情報を流布し、国民感情を高め、自身に対する名声を強めた。批判は全て、アルムート王国聖騎士団に来るようにな」

「……そんな大それたことを、ランスロットが」

アナスタシアが驚いている。

なんというか、大したやつ。

「……ランスロットの狙いは何？」

フルーレが言うと、ラストワンが答える。

「そりゃ、権力だろ。恐らくランスロットのやつは、団長が騎士団の団長であり、七大剣聖の団長っていうのが気に食わないんだ。だから、まずは騎士団を潰しにかかる。騎士団が兵士と変わらなくなれば、団長は騎士団の団長ではいられない。兵たちの指揮は騎士団がするのが普通だからな。つまり、アロンダイト騎士団が王国の兵全ての指揮を執る……つまり、ランスロットが全軍を仕切るってこった」

「……それが狙いだろう。ワシもそう思っている」

アナスタシアがチーズを一切れ口の中へ。咀嚼《そしゃく》し、呑《の》み込んだ……なんか色っぽいぞ。

「なるほど。今回の『闘技大会』で、アルムート王国聖騎士団の精鋭がアロンダイト騎士団の精鋭に敗北したら……アルムート王国聖騎士団の解散はほぼ確実になるってことね」

「ああ。恐らくだが、ラスティスが言わずとも、ランスロットがどこかで提案していただろう」

「……あー、マジか」

俺は、国を思って言っただけなのに……なんでこう、めんどくさいのかね。

すると、ラストワンが。

「ラス。前も言ったけど、これはお前のせいでもあるからな」

「………」

沈黙すると、団長が言う。

「ラスティス。貴様とは長い付き合いになるな」

不思議と、穏やかに聞こえる声だった。

昔……こんなふうな声で、話しかけられたこともあったかもしれん。

「ワシの弟子になり鍛えること三年。十五で当時の七大剣聖を倒し入れ替わり入団。十六で上級魔族を屠《ほふ》り、たった一人で『冥狼《めいろう》』を降《くだ》した」

「あの、ルプスレクスを討伐したのは、ランスロットで」

「もう誤魔化すな。ラスティス……貴様、何があった？　どうしてそこまでやる気をなくした？　いい加減、話せ」

「………」

ラストワン、アナスタシア、フルーレが無言で俺を見る。

なんとなく気付いてしまった。きっと、騎士団云々《うんぬん》じゃない。この話が、団長の本題。

「……すっごく情けない、アホみたいな話っすよ」

俺は負けた。おかわりのワインを一気に飲み、事情を説明した。

「あ〜〜〜……話さなきゃよかった」

バーから出た俺は、ちょっと後悔していた。

俺がやる気をなくした理由が、『いい魔族がいるかもしれないと考えたら、どうしていいかよくわからなくなった。で、やる気なくなった』だもんな。団長も、みんなも何も言わずそのまま解散となった。

俺がバーを出て、サティのいる宿に帰ろうとすると。

「おいラス」

「ん……なんだ、お前かよ」

ラストワンだった。俺と肩を組むと、酒臭い息を吐く。

「まぁ、安心した。お前のやる気なくなった理由……お前も人間だったんだな」

「んだよ、それ。情けないって笑っていいぞ」

「もう笑わねぇよ。ぶっちゃけ、気持ちはわかるような気もするしな」

「……そうかい。でも、もう十年以上、ダラダラしたせいかな。やる気出せって言われても難しいわ。ま……俺は、このままでいく」

「そうかい。と……おいラス、時間あるなら『ウチの店』寄ってくか？」

ニヤニヤしながら言うラストワン……ああ、察したよ。

俺はニヤッと笑い、ラストワンの胸を軽く叩《たた》く。

「いい子、揃《そろ》ってるか？」

「おう。王都で最高の美人ぞろいだぜ」

ま、俺も男だ……遊びたい時だってある。

そのまま、ラストワンと一緒に歩き出した時だった。

「あ、師匠!!」

「え」

なんと、サティがこっちに向かって走ってきた。

「偶然ですね。話し合い、終わったんですか？」

「あ、ああ。お前、何してるんだ？」

「夜ごはん食べてました。久しぶりの王都なので、いろんなお店回ってたら、こんな時間になっちゃって……帰ろうとしたら、師匠たちを見つけたって感じです」

「そ、そうか」

「あーあ……悪いなラス、遊ぶのはまた今度」

「お、おい」

「女の子を、一人で帰らせるつもりか？　ははっ、じゃーな」

そう言い、ラストワンは行ってしまった。

サティがペコッと頭を下げ、俺に言う。

「師匠、帰りましょう!!」

「……おう」

「あ……その前に、ちょっとお話ししたいんですけど、いいですか?」

「ん? ああ、いいけど」

「じゃあ、近くの公園に」

向かったのは、中心街から少し外れた、宿屋に近い公園だった。

街灯が周囲を照らしているので明るく、遊具はない、ベンチがやたら多い公園だ。遊ぶというよりは、休憩所に近いのかもしれない。

意外なことに、人は誰もいない。

俺とサティは、適当なベンチに座る。すると、座るなりサティが言う。

「師匠、今日……アロンダイト騎士団の知り合いに会いました」

「……」

「それで、師匠を馬鹿にされて……その、気付いたら、スキルを使ってました」

「……それで?」

「あたし……不思議なんです。昔は、エニードのこと、怖くてたまらなかったのに……今日会ったら、全然怖くなかった。むしろ、その……すっごく『小さく』見えたんです」

「ふむ……」

なるほどな。エニードってやつを恐れていたが、今はもう怖くない。

そんなの、決まっている。

「サティ。それは、お前に自信がついたからだ」

「自信……」

「スキルを制御できるようになって、上級魔族と対面して『恐怖』や『死』を実感した。そしてお前は生き残った……お前の中に『自信』が生まれたんだ」

「でもあたし、そんな自信なんて」

「自信は、覚悟だ。忘れたか？　お前、遥《はる》か格上の上級魔族にタンカ切ったんだぞ？　死を恐れ、恐怖でションベン漏らして、素っ裸で身を守る物が何もなくても、お前は折れなかった。その経験がお前の自信となり、強さとなった。頭の中で比べてみろ……あの上級魔族と、エニードとかいう女。どっちが怖い？」

「……あ、あれ？」

全然怖くない、って顔してるな。

サティは俺に指摘され、ようやく自覚したようだ。

「サティ、お前は強くなっている」

「………」

「自信持て。お前は、まだまだ強くなる」

「あの、師匠」

「ん？」

「あたし、もっと強くなりたいです。もっと、もっと」

「おう。そのために、俺が鍛えるんだからな」

「はい!! あの……実は、少し気になることが」

サティは困ったように、どこか言いにくそうに言う。

「エニードを追い払ったのはいいんですけど……たぶん、エニードはイフリータに報告すると思います。あたしが王都にいるって、バレてるのは確実です。それに……エニードはけっこう執念深いので、また来るかも……その、今のあたしの立場、けっこう微妙なんです」

「微妙？」

「はい。あたし、アロンダイト騎士団を、そしてヴァルファーレ公爵家を追放されて、ただの平民になっています」

「ああ。確かに」

「それで、アロンダイト騎士団の……なんだっけ、『円卓十三騎士《ナイツオブラウンド》』だっけ。エニードをスキルで攻撃して、撃退しちゃったんです……もしかしたら、反逆罪で捕縛もあるかも」

「……マジか」

「わかりません。エニードが『無能のサティにやられた』って屈辱で、イフリータにそもそも報告しない可能性もあるし……でもでも、規律に厳しいイフリータは、あたしがエニードを追い払ったって知ったら、絶対に処罰しに来る……ううう」

「な、なるほどな」

つまり、アロンダイト騎士団と揉《も》めるかもしれない、ってことか。

うーん……そりゃ困ったな。

「王都をさっさと出たいところだが、俺も『闘技大会』のことで、団長やランスロットと話さなくちゃいけないんだよな……それに、ランスロットとは個人的にも話さなくちゃいけないし」

「しばらく、王都にはいるんですよね……」

「宿屋にいるのは危険かもな。騎士団ってことは、王都の全ての建物に対して『捜査権』がある。お前を捕まえて、騎士団に連れて行く可能性もゼロじゃない」

「ううう……師匠、ごめんなさい」

「まあまあ。でも、例外はある」

「え？」

「──なぁ、そうだろ？」

俺が公園の入口に向けて声を出すと、ちょうどこちらに向かってくる影……フルーレがいた。

「そうね。サティ、あなた、私の屋敷に来なさい。七大剣聖の屋敷なら、アロンダイト騎士団も踏み込んでは来ないわ。まぁ……それでも来たら、氷漬けにしてあげるけど」

「フルーレさん!!」

「久しぶり。元気にして――……」

「フルーレさぁんっ!!」

「きゃあっ!?」

なんと、サティはフルーレに飛びついた。

「お久しぶりですっ!!　王都に来れば会えると思ってましたっ!!」

「わ、わかったから、離れなさい」

「えへへ、うれしくてつい」

「全く……さ、荷物を持って、私の屋敷に行くわよ」

「はい!!　あの～……今夜は、一緒にいてくれるんですよね？　いっぱいお話ししたいです」

「……仕方ないわね」

フルーレは困ったように笑い、サティの頭を撫《な》でた。

こうしてみると、本当に姉妹みたいだな。

「ラスティス・ギルハドレッド。この子を預かるわ」

「ああ。っと……サティ、明日からまた修行を再開するから、ちゃんと早起きしておけよ」

「はい!!」

「……あなた、修行を付けてもらっているの？」

「ええ。弟子ですから」

フルーレは、少しだけ悔しそうに笑い、なぜか俺を睨んだ。

閑話　アロンダイト騎士団にて①

「……何？　サティだと？」

アロンダイト騎士団本部。

アルムート王城の一角にある、訓練場を兼ねた巨大な兵舎。イフリータは騎士団長室で、エニードからの報告を聞いた。

エニードは、見るからにイライラしていた。

「ああ。あのクソ野郎……今度見つけたらブチ殺してやる」

「……意外だな」

「あ？」

「お前のことだ。プライドが邪魔し、私へなど報告せず、自分の手で始末をつけると思ったぞ。サティは今や平民、騎士団であるお前に手を出せば、問答無用で処罰できる」

「ンなつまんねぇことするかよ。どうせやるなら、徹底的に追い込んでやる」

「……おい、騎士の範疇《はんちゅう》を超えた制裁をするようなら、私が黙っていないぞ」

チリッと、イフリータの髪が少し燃えた。

神スキル『神炎』……アロンダイト騎士団でたった一人の神スキル持ちであるイフリータ。エニードはイフリータを怒らせたら面倒だと、舌を出す。

「フン。向こうだって、アタシが執念深いの知ってんだ。来るってわかれば警戒するだろうさ。襲撃なんて考えてねぇよ」

「それならいい。わかったらさっさと行け。私は忙しい」

イフリータの机には、書類が山積みになっている。

一枚一枚確認し、黙々と作業をしている少女に手渡した。

「カリア、頼む」

「は、はい～」

眼鏡をかけた、小柄な少女だ。

髪はクセッ毛で、荒事には向いてなさそうな気弱な少女に見える。

エニードは、今気づいたように言う。

「なんだ、いたのかよカリア」

「い、いましたよ～……エニードさん、暇ならお手伝いしてくださいい～」

「ヤだね。そういう書くモン、学のねぇアタシには無理だ」

「ううう」

エニードはソファにドカッと座り、大きな欠伸《あくび》をする。

すると、ドアがノックされ、金髪縦ロールの少女と、どこか眠そうな桃色ロングヘアの少女が入ってきた。

「失礼しますわ、団長!!」

「ブランゲーヌか。騒々しいぞ」

「団長!! アルムート王国聖騎士団と親善試合をするというのは、本当ですか!?」

「……どこで聞いた？」

「その反応……やはり、本当なのですね!?」

金髪縦ロールこと、ブランゲーヌは目をキラキラさせた。

すると、桃髪ロングヘアの少女が欠伸しながら言う。

「ごめんなさい……くぁぁ、王国聖騎士団が噂話《うわさばなし》してて、聞いちゃった」

「ロディーヌ。全く、盗み聞きはするなと言っているだろう」

「ごめんなさい……ふぁぁ」

謝ってはいるが、ロディーヌは眠そうだった。

すると、またしてもドアがノックされる。

「失礼する。団長殿、追加の書類をお持ちした」

長い黒髪の少女だった。凛《りん》とした表情で、追加の書類をテーブルに置く。

あっという間に、室内はにぎやかになった。

「おお、皆さん、お揃《そろ》いでござるな。何やら楽しそうでござる」

「やれやれ……」

イフリータはため息を吐《つ》く。

「まぁ、あとで全員に伝えるつもりだったし問題ない。ブランゲーヌの言う『親善試合』はある」

「「「!!」」」

「親善試合?」

部屋に入ってきたばかりのリンは首をかしげる。ロディーヌがボソボソとなぜか耳打ちで事情を説明すると、「おお、楽しそうでござるな!!」とニコニコ笑いだした。

「親善試合という名目だが、実際はそうじゃない。アルムート王国聖騎士団、そして我らアロンダイト騎士団、どちらが優れているか優劣をつける大会だ」

イフリータがそう言うと、全員がニヤリと笑う。

「お父様のおかげで、アロンダイト騎士団は今や王国を代表する騎士団と言っても過言ではない。そして、アルムート王国聖騎士団を解体し、一般兵として運用する案も出ている……我々が、王国の兵を率いる騎士団となる日も、そう遠くない」

「ああ、ついに!! ふふ、野蛮な男の騎士たちを足蹴にして、私たちが上に立つ日が……!!」

ブランゲーヌがゾクゾクしている。

ロディーヌがブランゲーヌの頬をツンツンするが、何やら卑猥《ひわい》な妄想をしているのか反応がない。

イフリータは全員に言う。

「お前たち。親善試合……アルムート王国聖騎士団の騎士など、葬り去ってしまえ」

「お待ちを。団長殿……王国聖騎士団にも、神スキルの持ち主はいますぞ」

「……第一部隊、七大剣聖の娘エミネム・グレムギルツか。ふん、そいつは、私が直々に相手をすることになりそうだ」

イフリータは、不敵な笑みを浮かべた。

エニードはつまらなそうに舌打ち……だが、何か思いついたのか、イフリータに言う。

「なあ団長様よ。その親善試合……相手は、アルムート王国聖騎士団なんだよな？」

「そう言っている。まあ、さすがに全団員同士を戦わせることはない。代表者を選び戦うことになる。建前はあくまで、『騎士団同士の主戦力向上』が目的だ。他の騎士たちは主戦力である我らの戦いを見て、闘志を燃やし、自己鍛錬に精を出す……というのが狙いだな」

イフリータは、この場にいる全員に言った。

「我々に敗北はない。全員、気合いを入れろ」

第五章　脇役剣聖、鍛える

フルーレの屋敷は、さすが七大剣聖と言わんばかりに大きい。

裏庭には訓練用の広場もあり、俺とサティは向かい合う。

サティは双剣。そして俺は木剣だ。

「はぁぁぁ!!」

サティの連続攻撃。

俺がいない間も訓練を続けていたのだろう、鋭さが増している。

技の組み合わせも、フェイントも、一撃の重さも、初めて出会った頃に比べると雲泥の差。うん、かなり成長しているな。

俺は木剣でサティの斬撃を受ける。さすがに真剣を木剣で受けると両断されてしまうので……。

「……っ、っく!!」

「ほれほれ、速度落ちてるぞ。それと、太刀筋だけ見ないよーに」

サティの剣の切っ先、それも側部だけを木剣の切っ先で突き、斬撃を受け止める。

「……どういう目をしてるんだか」

木剣を持ったフルーレがぼそりと言う。

悪いな。目の良さだけなら、俺は間違いなく七大剣聖最強だ。

「せめて、一太刀っ!!」

「お」

バチンと、サティの身体《からだ》が紫電で爆《は》ぜた。

一応、剣術だけの場合はスキルなしだけど……どうやら、無意識に発動したらしい。

速度が跳ね上がり、一瞬で俺の間合いに入った。

「だぁ!!」

剣を交差させての一撃。

だが、俺は木剣を突き出し、剣が交差した瞬間、剣の側部を突いて動きを止めた。

「くっ!?」

「はい、そこまで」

「うう……一太刀も入りませんでしたぁ」

剣を落とし、サティはへたり込む。

俺は、サティの剣がボロボロなのに気づいた。

「サティ、剣……だいぶボロボロだな」

「そうなんですよ。昨日、武器屋を何軒か回ったんですけど、いいのがなくて……」

「ふむ。じゃあ、俺の知り合いの武器屋……ってか鍛冶屋に行くか」

「え!? 師匠の鍛治屋!?」

「俺のじゃなくて、俺の知り合いな。俺の剣を打った鍛治屋でもある」

「行きます!!」

「よし。今日は午後から会議があるから……飯食ったら行くか」

「はい!!」

と、ここでフルーレが割り込んできた。

「ちょっと、買い物の前に、私の相手よ」

「わかってるって。ほれ、かかってこい」

「その余裕、無くしてあげるわ!!」

フルーレが立てなくなるまで相手をしたが……こいつも、かなり強くなっていた。


朝食をフルーレの家で食べ（俺も頂きました。うまかった）、俺の案内で鍛治屋へ。

「……なんでお前まで?」

「別にいいでしょ」

なぜか、フルーレも付いてきた……まぁ、いいけど。

向かったのは、王都の裏路地。

ぼろいレンガ倉庫。室内からは、鉄を打つ音が響いている。

横開きのドアを開け中に入ると、すごい熱気だった。

「婆《ばあ》さん、いるか？」

「ほ、こりゃ懐かしい。十年ぶりくらいかの」

カウンターに座っていたのは、八十を超えた婆さんだ。

奥からは鉄を打つ音がする。作業場で鉄を打つのは、筋骨隆々のヒゲマッチョだ。

「わぁ……すごいです」

「あの人が、鍛冶師？　すごい威圧感」

「……ラス、娘が二人もできたのかい？」

「んなわけあるか」

「じゃあ嫁かい？　お前さん、子供に手を出すほど相手がいないとはねぇ」

「うっせ。ってか、そうじゃねぇよ。仕事だ仕事。依頼だよ」

「ほほ、依頼かね……どっちのだ？」

婆さんは、サティとフルーレを交互に指差す。

俺はサティを指差した。

「武器は双剣だ。形状とか、長さとかは本人から聞け」

「わわっ」

俺はサティの背を押して前へ。

婆さんは、サティにいろいろ質問をしたり、身長や手の大きさを測る。

「……ここがあなたの剣を打った鍛冶場なのね。あの人が鍛冶師……鍛冶師、初めて見たわ」

「あ？　ああ、鍛冶師な」

「ここに来るの、久しぶりなの？」

「まぁな。『冥狼斬月《めいろう》』を打ってもらって……最後に来たのは、俺が王都を去る前だったかな」

「ふーん」

すると、サティが戻ってきた。

質問攻めにあったようで、少しフラフラしている。婆さん、話長いし早口だからな。

「ラス、代金」

「ああ。これでいいか？」

出したのは、指先ほどのルプスレクスの骨。

婆さんは銀色の骨を手に取り、ルーペで確認……満足したのか、ニヤリと笑った。

「いいね。じゃあさっそく作ろうかね……ダグラス!!」

「へい、師匠!!」

「「……え？」」

筋骨隆々の、いかにも『鍛冶師』っぽい男が立ち上がり、婆さんに向かって頭を下げた。これに驚いたのはサティ、フルーレだ。

ま、驚くと思ってた。黙ってて正解だったぜ。

婆さんは首をコキッと鳴らすと、ダグラスが手渡す槌《つち》を手に取る。

「え？　え？　お、おばあちゃん？」

「ちょっと……まさか、あんな老人が？」

「老人ねぇ……ま、見てろ」

すると、婆さんの身体に艶、ハリが戻っていく。身長も伸び、身体つきも変わる。

あっという間に二十代後半ほどの、ワイルドな美女が現れた。

大きな槌を片手で弄《もてあそ》びながら、俺たちに向かってウインク。ダグラスが魅了されている。

「三時間!!　そこで待ってな」

「はは、はい!!」

婆さんは、さっそく作業を始めた。

すると、フルーレが俺の袖を引く。

「ちょっと、何よあのお婆さん……あんな、一気に若々しくなって」

「あれが婆さんのエピックスキル、『全盛期《スーパーボディ》』だよ。一日一度だけ、全盛期の姿を取り戻すことができるスキルなんだ。婆さんの場合は二十代後半……鍛冶師として完成された時だな」

「まさか、女性で鍛冶師なんて……」

「ダグラスが鍛冶師って思ったろ？　ま、それも間違っていない。婆さんが仕事する相手は、気に入った相手だけだからな」

「……すごいわね」

婆さんの横顔を見て、フルーレは感心したように目をキラキラさせていた。

三時間後。

「ほれ、持っていきな」

「わぁ……」

なんともまぁ、見事な双剣ができあがった。

片刃の、ロングロードのような双剣……だが、左右で長さが違う。

右手に持つ剣は普通より少し長く、左手に持つ剣はその半分ほどの長さだ。

「婆さん、長さ……あー、何でもない。プロの作品に意見するほど馬鹿じゃない」

「わかってんならいい。小娘、どうだい？」

「……すごい」

鞘《さや》、ベルトも新調し、サティは腰に下げる。

ちなみに鞘とベルト。婆さんが鍛冶をしている間、ダグラスがせっせと作ってた。

「すごくしっくりきます。私の、新しい双剣……」

「折れたり、切れ味悪くなったらまた来な。ま、ルプスレクスの骨を使ったんだ、そう簡単に折れはしないと思うけどね」

「何？　おい婆さん、ルプスレクスの骨使ったのか？」

「ああ。あの小娘見てたら使いたくなってね。それに、『神雷』だったか……ルプスレクスの骨と相性がいい。もう溶解したりしないはずさ」

「……おばあちゃん、ありがとうございました!!」

サティはペコッと頭を下げる。

婆さんは、キセルをふかしながら言った。

「婆さんじゃない。ローデリカって名前があるんだ。さ、用事済んだら出て行きな」

婆さんは、ハエでも追い払うようにシッシと手を振る。

邪険にされながらも、サティは笑顔で頭を下げた。

婆さんの鍛冶屋を出て、俺は言う。

「サティ、俺とフルーレは王城に行く。お前は……」

「サティ。王都の東門を出て真っすぐ進むと、見晴らしのいい平原があるわ。そこで、スキルと剣の練習でもしなさいな」

「はい!!　師匠、フルーレさん、行ってきます!!」

サティは行ってしまった。

まぁ、試し斬りとかしたいだろうし、今日はスキルの訓練はしていない。

フルーレを見ると、答えを用意していたのかスラスラ言う。

「安心して。東の平原に魔獣は出ないわ。昔から、私が訓練に使っていた場所でもあるの」

「そうかい。ま、今のサティなら、中級魔族でも出ない限り、問題ないだろ……多分」

「何よ、その『多分』って」

俺とフルーレは、のんびり歩きながら王城へ向かうのだった。


サティと別れ、アルムート王城へ。

城に到着し、そのまま昨日の大会議室へ向かうと、やはり全員揃《そろ》っていた。

俺、フルーレが最後。おかしいな、時間通りのはずだけど。

「遅いわよ、ラス」

「悪い悪い。ちょっと野暮用でな」

アナスタシアに叱られ、周りに「悪い悪い」と言いつつ座った。おい、俺が謝ってんのに、なんでフルーレは何も言わずに座るんだよ……まぁ、別にいいけど。

俺たちが座るなり、団長がずっしりと重たい声で言う。

「では、昨日の続きだ。『闘技大会』についてだが……」

「団長、ここからは私が」

お、ランスロットだ。

団長は話を遮られてキレると思ったが、特に何も言わない。

「昨日、『闘技大会』の件を殿下と共に陛下へ報告したところ、開催の許可を頂きました。その際、私の方で開催要項を作成し、陛下に提出……特に問題なしということでしたので、このまま通すことに」

「待て……開催要項だと？　初耳だが」

「ええ、今言いましたので」

うわぁ……団長の額に青筋、んで眉がピクピク動いてる。

ランスロットは涼しい顔してるし、いい根性してるな。

すると、ラストワンが言う。

「ハッ、ラスの発案なのに、全ての手柄はお前のモンか。相変わらず、卑怯《ひきょう》な野郎だぜ」

「フフ。ラスティスは事務仕事が苦手なのでね。彼に任せていたら、闘技大会の開催は何年先になることやら……ねえ、ラスティス」

「ラストワン……すまん、何も言い返せん」

「おいこら、ふざけんなお前!!」

だって、書類仕事苦手だし。

とりあえず、ランスロットには言っておくか。

「ランスロット。俺は別に、誰がやったとか誰の手柄とかは興味ない。でも……周りがそれを良しとしない場合もある。一応、俺が発案ってことは間違ってないから、一言言っといてくれ」

「……ええ、わかりました」

「じゃ、お前の考えたルール、説明してくれ」

ランスロットは頷《うなず》き、なんと用意した資料を自分の手で配布した。

まあ、この会議室に使用人とかメイドとかいないし、仕方ないけどな。

要項を開くと、まあ思った通りだった。

「アロンダイト騎士団と、アルムート王国聖騎士団の代表を七人選出。総当たり戦での勝負か」

「ええ。数が多すぎても、少なすぎてもよろしくない。七人というのは妥当なところでしょう」

他にも、細かいルールが書いてある。

武器の使用、スキルの使用、勝利条件……まぁ、変なところはなさそうだ。

団長たちも、ルールを確認している。ただ、ロシエルだけは読まずに、どこから出したのか本を読んでいた……いや、何してんの？

すると、団長が要項を置く。

「……これだけか？」

「ええ、これだけです」

何か不満なようだ。

まあ、俺も思った。総当たり戦で勝ったら、それで終わりだ。

何か商品だとか、賞金だとかあると思ったが、何もない。

ただ、勝って終わり……だが、俺はそう思わない。

この闘技大会には、陛下や殿下が見に来る。酒場で『王国聖騎士団の解散』の話を聞いたし、アルムート王国聖騎士団が負けたら解散もあるだろうな。

間違いない。アロンダイト騎士団には七人いる。

ランスロットが自信をもって送り出せる七人が。

「ルール的には、問題ないわね」

「気に食わないが、オレも同じだ」

「……よくできたルールね」

アナスタシア、ラストワン、フルーレも同意見。

ロシエルは我関せず。団長も眉間にしわを寄せるが、特に意見はなさそうだ。

だってそうだろ……このルール、全く問題がない。

だからこそ、俺は提案した。

「一つだけ、変更したい」

「……なんでしょうか」

「総当たり戦ってなってるけど、勝ち抜き戦にする。一回戦で戦い勝利した選手は、そのまま次の試合を戦える。もちろん、辞退もできる」

ランスロットの眉が動いた。

俺は、団長に意見を求める。

「どうでしょうか、団長」

「……ふむ。些細《ささい》な変更だな。ワシとしては問題ない」

「オレもいいぜ」

「私も問題ないわ」

「私も」

「…………」

ロシエル以外、全員が変更を認めた。

「じゃ、総当たり戦じゃなく、勝ち抜き戦で。あとは、ランスロットの決めたルールでいいな。開催は……そうだな、準備もあるし、選手の選抜もあるし……一か月後くらいか。団長、どうです？」

「……いいだろう」

「じゃ、一か月後で。場所は……一番広い第一訓練場にするか。異存は？」

異存なし。

いつの間にか俺が仕切っていたが、特に問題ないようで安心したぜ。

会議が終わり、帰ろうとした時だった。

「ラスティス、少し付き合え」

「え」

団長に誘われ、今度は団長行きつけのバーへ。

団長の家であるグレムギルツ公爵家は、『貴族街』という貴族の屋敷が並ぶ区画にあるが、その区画内にある高級バーだった。しかも、団長が入るなり超ビップ対応……バーの経営者が出てきて、ペコペコ頭を下げている。

個室に案内され、超高級そうな古い木箱入りのワインを目の前で開け、これまた高そうなグラスに注いでくれた……いや、俺場違いにもほどがある。

まあいい。こんな高級ワイン、今度はいつ飲めるか……いただきます。

「なぜ、勝ち抜き戦にした」

「っと……あー」

今飲もうとしたのに、話しかけられたから止まってしまった。

俺はグラスを置く。

「まぁ、何もかもランスロットの決めたままで進むのが嫌ってのもありますけど……団長なら、気付いてるんじゃないですか？」

「……聖騎士団が、不安なのだな」

「ええ。ぶっちゃけると、今の聖騎士団は、個人よりも軍としての強さだと思います。なので、ランスロットの仕込んだアロンダイト騎士団の精鋭には、一対一じゃ敵《かな》わないかと」

「…………」

「勝ち抜き戦にしたのは、一人だけ、勝てる可能性があるからです」

「……エミネム、か」

団長も気付いたようだ。

俺は頷き、ようやくワインを飲む……う、うっまぁ。

「エミネムは、アルムート王国聖騎士団の中で唯一の『神スキル』持ちです。それに、エミネムは上級魔族の『理想領域《ユートピア》』を経験している。彼女を徹底的に鍛えて、七人勝ち抜きするのが最善かと」

「さすがに、それは厳しいぞ」

「ええ。なので……その、禁じ手を使いたいんですけど」

「貴様、闇討ちでもするつもりか？」

「…………」

「ふ、冗談だ」

だ、団長が冗談を言うとは……なんか、変わったなこの人も。

「……今、俺の弟子にサティって子がいるんですけど。その子は少なからず、アロンダイト騎士団と因縁があります。あの子が成長するためには、やっぱりアロンダイト騎士団との因縁にケリを付けるべきだと思います。なので……一時的でいいんで、サティを騎士団に入れて、闘技大会に出したいと考えています」

「……本気か？」

「ええ。サティも『神スキル』持ちです。しかも、上級魔族にタンカ切るだけの根性もある」

「ほう」

「団長、エミネムを俺に預けてください。サティと合わせて、俺が鍛えます」

「貴様に、娘を預けろと？　エミネムは次期公爵夫人となる大事な娘。今はまだおらんが、立派な婚約者をあてがい、グレムギルツ公爵家の」

「あの、そういうのいいんで。団長、エミネムを預けてください」

ずっと、考えていた。

アロンダイト騎士団とアルムート王国聖騎士団が戦ったら、恐らく王国聖騎士団は負ける。

勝つためには、勝ち抜き戦にして、サティとエミネムで七人倒すしかない。

あー……なんで俺、こんなに頭使ってるんだろ。

まぁ、理由はある。

「この闘技大会で負けたら、王国聖騎士団は解散。アロンダイト騎士団が王国軍の全権を握ることになる。ランスロットの狙いはわからんですけど……それがあいつの増長だとしたら、俺に責任がある」

「…………」

「お願いします。エミネムを俺に預けてください。本気で、鍛えます」

「……いいだろう。ただし!! 不埒《ふらち》な真似《まね》をしてみろ、ワシが直々に殺す!!」

「わ、わかりました……」

だ、団長……親バカだったのか。青筋浮かびまくりで怖い。とりあえず、言質《げんち》は得た。

「あと、可能性は低いですけど……俺も、考えたことがあるんです」

「何?」

「……まあ、可能性は低いですけど、こんなふうになるかと思います」

俺は、闘技大会の結果次第で、俺がやるべきことを団長に説明した。

第六章　脇役剣聖、本気で鍛える

グレムギルツ公爵家にて。

ケインは、公爵代理として溜《た》まった仕事を片付けていた。

グレムギルツ公爵家にも領地はある。公爵代理として、グレムギルツ領地を治めるのは大事な仕事だ。そして、それと同じくらい、ケインは自分で起こしたいくつもの商会を経営している。

窓際でのんびりする護衛のマルセイに、ケインは言う。

「なぁマルセイ、少し手伝ってくれよ」

「オレ、護衛だしな」

「ったく……そうだけどさ」

喋《しゃべ》りながらも、書類を書く手は止まらない。

ボーマンダは、スキルを持たないで生まれた息子をまるで評価していない。だが……ケインは領地経営だけじゃない、あらゆる分野での商才に恵まれていた。

それこそ、歴史に名を残せるほどの大商人になれるくらいに。

「……お、これは興味深いな」

「ん、どうした？」

「ふふ、アロンダイト騎士団と、アルムート王国聖騎士団が『闘技大会』を行うらしい。オフレコ情報だけどね」

「なんでオフレコ情報がここにあるんだよ……」

「それは内緒」

ケインの手にある羊皮紙には、王宮内で行われた会議など、様々な情報が書かれていた。

ケインは羊皮紙をテーブルに置き、大きく伸びをする。

「あ～……疲れた。とりあえず、領地経営に関して溜まった仕事はやっつけた。あとは、ボクがいなくてもしばらく問題ないよう仕掛けをして、その後は商会の……ん？」

と、ここでドアがノックされた。

マルセイが対応すると、入ってきたのは意外も意外……エミネムだった。

「兄さん……」

「これはこれは。わが妹エミネムじゃないか、どうしたんだ？」

「えっと……その、き、聞きたいことが？」

「？」

なんというか『らしくない』感じのエミネム。

顔を赤らめ、もじもじし、髪を一房つまんで指でクルクル巻いている。

「あの……王都に、ラスティス様がいらっしゃると聞いて……その、居場所など」

「……聞いてどうするんだ？」

「その、ご挨拶を……以前、お世話になったので」

「ふーん。まぁ、場所は知ってるけど」

エミネムは、ガバッと顔を上げてケインを見た。

なぜ、こんなにもラスティスに興味を持つのだろうと、少しだけ訝《いぶか》しむ。

このまま教えてもいいが……ケインは、少しだけ悪戯心《いたずらごころ》が芽生えた。

「今、すごく忙しいんだ。仕事を手伝ってくれたら、教えてやるよ」

「わかりました。では、何をすれば？」

「……え、いいの？」

「兄さんが手伝ってと言ったのでしょう？」

エミネムは、空いてる椅子に座り、ケインをジッと見る……仕事を寄越《よこ》せと目が語っていた。

（素直だな……そんなに、ラスさんにお礼が言いたいのかな）

ちなみに、ケインは経営などを得意としているが……女心に関しては、まるで鈍感だった。

仕事を始めて数時間——もうすぐ夕方だ。

だが、エミネムは嫌な顔一つ見せず、書類をテキパキと処理していく。

思った以上に、計算能力が高い。字も綺麗《きれい》で、姿勢もいい。

妹ながら、容姿は非常に整っている。エミネムの元に来る婿は、彼女を拒むこともないだろう。

そんなことを思いつつ、ケインは聞いた。

「こうしてお前と喋るのは、いつぶりだろうな」

「………」

「エミネム。お前……変わったな」

「そうでしょうか?」

「ああ。以前は、ボクのことなんて路傍の草みたいな目で見ていた。でも、今はしっかり人間を見る目だ。お前が変わったのは、やはりラスさんのおかげかな?」

ガリッ!! と、エミネムの羽根ペンから変な音がした。

ケインは首をかしげる。

「おい、どうした?」

「べべ、別になんでもありません!!」

「いや、変な音が」

「なんでもありません!!」

「お、おお……」

よくわからないが、逆らうのはまずい……ケインはそう思い、何も言わなかった。

なので、話題を変える。

「そういえば、サティさんやフルーレさんとは、連絡を取り合っているのか？」

「フルーレさんとは手紙でやり取りしています。サティさんにも手紙を出しますが……ギルハドレッドにお手紙が届くのは、早くて二週間後なので」

「ああ、サティさんも王都に来ているぞ」

「え!!」

「ラスさんと一緒に来ている。まぁ、もう教えてやるか。今、サティさんはフルーレさんの屋敷にいる。二人でラスさんに、修行を付けてもらっている」

「…………」

エミネムの顔が、どこか羨ましそうにケインには見えた。

「とりあえず、今ある情報はこれくらいだな。さーて、そろそろ夕食の時間だ。親父《おやじ》もそろそろ帰ってくるだろうし、ここまでにしておくか」

「……はい」

「……何落ち込んでいるんだ？」

「別に、なんでもありません!!」

「お、おう」

と、部屋のドアがノックされ、ボーマンダの執事が来た。

「旦那様がお戻りになりました」

「わかった。よし、出迎えるぞ、エミネム」

「……はい」

父、ボーマンダを出迎えるのは、グレムギルツ家ではよくあること。

いつも通り、ケインとエミネムはボーマンダを出迎えるために、屋敷の玄関に向かったのだが。

「帰ったぞ」

厳格な父親ことボーマンダが帰って来ると、ケイン、エミネム、二人の母が出迎えた。

そして、ボーマンダの背中に隠れるようにいたのは。

「あー……お邪魔します。はい」

「え」

「ら……ラスティス様!?」

「おう。久しぶりだな、エミネム」

「え、えっと……あっ!?」

エミネムは気付いた。

自分の今の恰好《かっこう》が、どこか着古したドレスだと。

その姿が急に恥ずかしくなり、顔を真っ赤にしたエミネムは逃げて行った。

「……あ、あれ？　あの団長、俺変なこと言いました？」

「……貴様、娘に何を言った!!」

「いやいや、久しぶりって……あ、ケインくん、久しぶり」

「ど、どうも……ぷ、ぷぷっ」

厳格なボーマンダの前でも普段通りのラスティスに、ケインは笑いがこみ上げるのだった。


まさか、ボーマンダがラスティスを連れてくるとは思わなかった。

エミネムはドレスを新しい（やや胸元を意識した露出多めのドレス）のに着替え、髪を整え、薄く化粧をしてダイニングに行く。

エミネムのおめかしにケインがぽかんとし、母は何も言わず、ボーマンダも気にしていない。

「おお、綺麗なドレスだな」

「〜〜〜っ!! あ、ありがとうございます!!」

「おいエミネム、ダイニングでそんなデカい声……す、すまなかった」

ケインを睨《にら》み、黙らせる。

席に座ると、食事が運ばれてきた。

「いやー、すまないっすね団長。酒肴《おご》ってもらうばかりか、自宅に招待してくれるなんて」

「……食事中は静かにしろ」

「すみません。あ、酒はさっき飲んだんで、水ください」

「……ぷっ」

ラスティスが交ざっただけで、いつもの堅苦しい食事が楽しいものになった。

ラスティスは、母親を見て挨拶する。

「あ、団長の奥さん。お久しぶりです……あの、覚えてますか？」

「え？　ええ……お弟子さんの、ラスティス様ですね」

「はい。そういえば、昔はここで何度か食事しましたっけ。懐かしいな……団長にしごかれたのが、昨日のことみたいに思い出せます」

「ふふ、そういえばそうだったわね。ラスティス様、傷だらけになって」

「あはは。そういやそうでした」

母も、いつもの卑屈な態度が消えていた。

ケインとエミネムの知らない、明るい母親の笑顔がそこにあった。

そのまま、楽しく食事が進み、デザートを終えた。

ラスティスは、水を飲み干して言う。

「さて、今日俺がここに来た目的は……エミネム、お前だ」

「わ、私ですか？　ま、まさか……」

「ああ。そうだ」

ラスティスが真剣な顔で頷《うなず》くと、エミネムは胸を押さえて顔を赤らめた。

「け、結こ「エミネム。お前を、一時的に俺の弟子にする」……ん?」

エミネムが何かを言いかけたが、ラスティスは続ける。

「詳しい話はあとでする。エミネム、俺の弟子になってくれるか?」

「………はぁ」

「い、いいのか?」

「はい。弟子ですね。なります、ならせていただきます」

どこか、怒っているような声だった。

何が不満なのか、ラスティス、ケインにはさっぱりわからない。

「あー……明日から、フルーレの屋敷に泊まり込みで修行だ。荷物の準備をしてくれ。明日、迎えに来る」

「はい、わかりました」

「じゃ、俺はこれで。あー団長、メシ、ごちそうさまでした。奥さんもまた」

そう言い、ラスティスは頭を下げて出て行った。

静まり返るダイニング。ケインは、ポツリとつぶやいた。

「ラスさん……なんだか、太陽みたいな人だな」

「フン。暴風のような男の間違いだろう」

「え」

まさか、ボーマンダが冗談を被《かぶ》せてくるとは。

あまりにも意外で、ケインは思わず父を見つめるのだった。

◇◇◇◇◇◇

翌日。俺はサティと一緒に団長の屋敷へ。

正門前に、一台の馬車とエミネムがいた。

「エミネムさん!!」

「サティさん!!　お久しぶりです」

ペコッと頭を下げるエミネム。サティはエミネムの手を摑《つか》み、ブンブン振った。

俺は軽く手を上げ、エミネムの傍《そば》にある馬車を見る。

「俺たち、歩きで来たんだが……気を遣わせたか？」

「あ、いえ。これは私物です。フルーレさんのお屋敷にお世話になるので、お土産とか、お着換えとか」

そう言うと、馬車は行ってしまった。

エミネムは、ちらりと俺たちを見る。

「フルーレさんは、いないんですね……」

「まあ、あいつも七大剣聖の仕事あるしな。今回は俺たちだけだ」

「……はい」

「そう残念がるな。屋敷に行けば会えるさ……よし、じゃあ行くか」

「はい!!」

「はい。ふふ……またこうして会えて、本当に嬉《うれ》しいです」

「あたしもです。エミネムさん、よろしくお願いしますね!!」

うんうん。サティも同性の友人ができて嬉しそうだ。

まぁ……これから話す内容は、ちっとも優しくないけどな。

軽く散歩しつつ、いい感じの喫茶店を見つけたので入る。

サティはメシ食ったばかりなのにパンケーキを注文。俺はコーヒー、エミネムは紅茶を注文した。

「そういや、エミネムは公爵令嬢なんだよな。こういう店に入って大丈夫なのか？」

「公爵令嬢と言っても、普段は聖騎士団で剣を振るう生活です。こういうお店も入ったことがあるし、酒場で部下たちとお酒飲んだこともありますよ」

ちょっと意外だな。まぁ、エミネムは部下に慕われてそうだ。

「お父様は、私を公爵令嬢とは見ていません。『神スキル』の使い手として聖騎士団に残し、グレムギルツ公爵家は私の結婚相手に任せたいと思っているようで……」

「結婚相手？　ケインくんがいるじゃないか」

「……兄さんは、その……『スキル』を持っていないので。グレムギルツ家の跡取りが、能力を持たないというのは、お父様には認められないみたいで」

「ふぅん……」

「お父様は、『神スキル』持ちの貴族を探しています。でも、神スキルを持つ人間なんて、そう簡単には現れないし、見つからない……」

「じゃあ、ケインくんでいいと思うけどな。ケインくん、マジで有能だし」

「……いないことは、ありませんけどね」

と、エミネムはボソボソ言い、俺をチラチラ見ていた。

すると、いつの間にかパンケーキを完食したサティ。

「あの、師匠。事情を説明するって話ですけど」

「あ、そうか。じゃあ、整理して説明する」

俺はコーヒーで喉を潤し、頭の中で情報を整理した。

きっかけは上級魔族。

上級魔族の討伐が、俺ではなくいつの間にかランスロット、そしてアロンダイト騎士団の手柄に。

上級魔族が来てるのに何もしなかったアルムート王国聖騎士団に批判。

ランスロットが「騎士団は一つでいいだろ」と陛下に進言。

陛下、乗り気になる。

俺、上級魔族の顛末《てんまつ》を報告。たぶんまた上級魔族が来る。でも、今のままじゃ両騎士団共に魔族の相手はできない。

なので、実力を上げるために互いの騎士団で戦おう。

ランスロット、実力ある七人を出してくる。それに対し、こちらは団長の選んだ騎士五人、エミネムと特例でサティ。

たぶん、騎士じゃアロンダイト騎士団には勝てないので、俺がエミネムとサティを鍛えて、二人で七人倒すようにする。

「――……まあ、こんな感じか」

「「…………」」

二人は黙りこむ。だが、サティが拳をぎゅっと握った。

「アロンダイト騎士団……つまり、イフリータたちが出てくるんですね」

「ああ」

「よーし!! あたし、もう昔のあたしじゃないって、イフリータやお父さ……ヴァルファーレ公爵に見せてやる!!」

「その意気だ。エミネム、お前は？」

「アロンダイト騎士団……実は私、イフリータ総隊長に何度か入団を誘われました。でも、私はグレムギルツ家の人間ですし……お断りしました」

「え、そうだったんですか？」

「ええ。実は、少しだけ後悔しました。私と同世代の女子が集まり、騎士団に……私は、王国聖騎士団で、年上の男性に囲まれて剣を振るっているのに、と」

「「…………」」

「でも、今は後悔していません」

エミネムは、きっぱりはっきりと言った。

「よし。サティ、エミネム。今日から俺が本気で鍛える。闘技大会までに、俺が倒した上級魔族を倒せるくらいに強くなってもらうぞ」

「「え」」

「そうと決まれば、さっそく行くか」

立ち上がり、お会計をする。サティが俺の袖をクイクイ引いた。

「あの、行くって……フルーレさんの屋敷ですか？」

「違う違う。外だよ外。王都郊外にある『ダンジョン』だ」

「だ、ダンジョン……ですか？」

エミネムが顔を青くする。サティも、ダンジョンと聞いて顔をこわばらせた。

ダンジョン。大昔からある、大地から吹き出る魔力によって、洞穴や森林などが変化した領域。魔力の影響なのか、魔獣なども独自の進化を遂げており、推定討伐レートが最低でもBのところが多い。

俺は、荷物からマップを出す。

「団長に、この辺りのダンジョンを聞いて、地図にマークした。買い出しして、さっそく挑むぞ」

「あ、あの……ラスティス様」

「ん」

「ダンジョンって、王国条約で『上等冒険者以外立ち入り禁止』では……？」

冒険者ってのは、ダンジョンを調査する専門職だ。

ダンジョン内にいる魔獣の素材はどれも高値で売れる。ダンジョン攻略で生計を立てる者も多い。

上等冒険者ってのは、冒険者の等級だ。えーっと……詳しくないからわからんが、上等冒険者は冒険者の中でも、高位の冒険者らしい。

「安心しろ。ちゃんと許可は取った……団長が」

「ダンジョン、なんだかワクワクしますね!!」

「は、はい……」

エミネムは少し苦笑いしていた。

街で買い出しをして、王都の正門前に向かう。

地図を確認し、ここから一番近いダンジョンに向かおうとすると。

「遅いわよ」

「は？」

なぜか、フルーレがいた。

ぽかんと口を開けていると、フルーレはエミネムの元へ。

「久しぶりね、エミネム」

「フルーレさん。お久しぶりです」

「ええ。しばらく、屋敷に泊まるそうね。ふふ、楽しみが増えたわ」

「はい、私もです」

ニコニコしながら再会を喜ぶ二人……ではなく!!

「おいフルーレ。なんでお前が」

「団長に頼まれたの。あなただけじゃ不安だから、ってね」

「………」

「他の七大剣聖は、闘技大会の準備。動けるのは、私だけだったの。何……不満？」

「あ、いや」

「なら、行くわよ」

「やったぁ!! フルーレさんも一緒ですね!!」

「ええ」

「ふふ。ちょっと不謹慎だけど……私、楽しくなってきました」

サティ、エミネム、フルーレの三人は並んで歩き出す。

俺はその背中を見て、小さくため息を吐《つ》くのだった。

王都から出て数時間歩き、ちょうどいい木陰で休憩をする。

俺は地図を開き、現在位置を確認して全員に言う。

「あと一時間も歩けば、最初のダンジョンだ」

「え、師匠。最初って……」

「闘技大会は一か月後。その間十五日くらいはダンジョンに潜る。それと、お前たちの今の実力を考慮した、お前たちが魔獣と戦ってギリ負けるくらいのダンジョンに挑む」

「ぎ、ギリ負ける……？」

「ああ。ギリ負けるけど、ギリ勝てるかもしれない。それくらいのダンジョンだ」

「……ごくり」

サティがごくりと唾をのみこむ。

「し、死にはしない……ですよね？」

「ああ」

「……信用するから」

「おう。というかフルーレ、お前も参加するか？　別に参加してもいいぞ」

「……まぁ、いいけど」

「私は、ラスティス様を信じます!!」

「うんうん。エミネムは可愛《かわい》いなぁ、よしよし」

「ひゃぁぁ!?　あわわわわ……」

思わずエミネムを撫《な》でてしまった。なんか可愛くてつい。

すると、フルーレが冷たい目で言う。

「団長に報告するから」

「え!?」

「あなたがエミネムに変なことをしないか、見張りも兼ねてるからね」

「ママママ待て!!　今のはその、可愛くてつい」

「かかか、可愛い……えへへ」

「あの～、そろそろ行きませんか？」

ダンジョンはすぐそこ、さて、気合を入れなおそう!!……団長に報告だけは勘弁してくれ。

そしてようやく、一つ目のダンジョンに到着した。

森の入口。だが、俺からするとドス黒い魔力が渦巻き、奥に進むに連れて『濃さ』が増しているような感覚にとらわれる……ここ、少し危険かもしれん。

「ここね。サティ、エミネム、準備はいい？」

「はい!!」

「はい。いつでも行けます」

「じゃ、行くわよ」

そう言い、フルーレを先頭に森へ踏み込んでいく三人。

俺は少しだけ離れ、サティたちが本当にヤバイ時だけ力を貸すことにした。

◇◇◇◇◇◇

三人は武器を抜かず、周囲を警戒しながら森に入った。

前にサティ、中にフルーレ、後ろにエミネム。

サティは双剣、フルーレは細剣、エミネムは槍《やり》。

特に打ち合わせることなく、この陣形で進んでいた。

「……何か、嫌な感じがします」

「同感」

「わかります。粘つくような、気持ちの悪い……」

エミネムが言い切る前に、フルーレは剣を抜いた。

「サティ!!」

「!!」

「『氷の矢《アイスアロー》』!!」

ボッ!! と、フルーレが剣を突き出すと、細剣の先端から氷の矢が飛んだ。

サティの真横にある木の幹に突き刺さると、『ギャッ』と鳴き声が聞こえ、ボトリと何か落ちる。

それは、中型のトカゲ。全長一メートルはありそうなトカゲが、木の幹に擬態していた。

「構え!!」

フルーレの声にエミネムは反応、サティが遅れて抜刀する。

エミネムは軍で教育を受けていたので、階級が上の人間には自然と従うクセがついていた。一方サティは、騎士団で生活していたが、特に軍規が厳しかったわけではないので、反応がやや遅い。

「――……囲まれています!!」

エミネムは、槍を回転させ風を発生させる。風に当たったトカゲたちが一斉に擬態を解き、まるでゴキブリのような素早さで木に登り、上空からサティたちを睨んでいた。

「面倒ね……とりあえず、バラけて対処しましょうか」

「ええ。私もその方がいいかと」

「え、え……一緒に戦わないんですか？」

「おばか。私たちは、チームで戦う訓練をしに来たんじゃないの。それに、私もあなたもエミネムも、スキルの力こそ理解しているけど、どんな技を使って、どんな戦い方をするのかもわからない。打ち合わせてもいないのに、協力して戦うなんてできないわ」

「同感です。それにサティさん……私たちが挑む闘技大会は、個人戦です。今は、個人の技量を磨くべきかと」

「……うー、わかった」

三人は、ばらけるように走り出す。

そんな三人を見て、少し離れた木の上にいるラスは言った。

「ザコは任せるぞ。俺は、こっちを倒すから」

ラスの背後には、トカゲたちのボスである、全長二十メートルほどのオオトカゲがいた。

「ま、普通なら『協力しろ』とか『仲間を信じろ』とか臭いセリフ吐くんだろうけど……戦うのは、あくまで個人。今は、自分の精一杯を出し切れよ」

そう言い、ラスはオオトカゲに向かって歩き出した。

◇◇◇◇◇◇

サティは、双剣を手に走り出す。

「『雷帯剣《タケミカヅチ》』!!」

双剣に雷を流すと、刀身が銀色に輝きだす――――これにはサティも驚いた。

「すごい」

まるで、雷を流すために生まれてきた剣。

長さの違う剣。最初は扱いにくいと思ったが、いざ使うとなるとしっくりくる。

サティはトカゲが逃げた木に足をかけ、一気に飛びあがる。

すると――見つけた。木の枝に擬態し、サティを迎撃するために口を開けるトカゲが。

「だぁぁっ!!」

『!!』

トカゲの舌が伸びてきた。が、サティは短い方の剣で舌を薙《な》ぎ払う。

そして、長刀でトカゲを縦に両断した。

「すごい切れ味……ありがとうございます。ローデリカさん!!」

サティは枝を足場にして、別のトカゲを斬るべく周囲を探す。

◇◇◇◇◇◇

フルーレは、特に急ぎもせずに、トカゲたちがいる周辺の木を見上げていた。

「上級魔族との戦いは無駄じゃなかったわ」

トカゲたちか、それともサティたちか。誰かに語り掛けるような口調で一人呟《つぶや》く。

「『理想領域《ユートピア》』……魔力で空間を作るなんて、人間には真似《まね》できないわね。でも……いいヒントになった」

フルーレは、剣を地面に刺す。

そして、剣の柄《つか》に手を乗せ、魔力を一気に流し込んだ。

「氷結領域展開……『絶氷凍結要塞《グレイシャル・フォートレス》』!!」

次の瞬間、大量の『氷柱《つらら》』が地面を突き破り、氷の壁を形成。

フルーレの半径二十メートルを、氷の要塞が包み込んだ。

「ここは、私の世界。さぁ——氷の世界で、あなたたちはいつまで耐えられるかしら?」

要塞の温度が、急激に低下していく。

フルーレには全く影響がない。領域内にいる彼女以外の者の体温を奪う。

すると、ボトボトと、半分凍り付いたトカゲが、木から落ちてきた。

「一分、持たなかったわね」

領域を解除――――フルーレは、肩で息をする。

「これだけの規模の氷を同時に生み出して、さらに空間内の温度を下げる……今の私じゃ、一分が限界……ふふ、まだまだ強くなれるわ」

フルーレは、地面に刺した剣を抜いた。

◇◇◇◇◇

エミネムは、自分の手足に小規模の『竜巻』を生み出し、機動力としていた。

風の噴射による移動。『風速《ゲイル》』の力。

風を細かく操作しながら、エミネムは空中を飛んでいた。

「ふっ!!　はっ!!」

擬態しているトカゲに接近して、槍で一突き。

これを繰り返し、エミネムは確実にトカゲたちを始末している。

「擬態しても無駄です。私には見えていますので」

エミネムは、風を生み出すと同時に、周囲の風の流れを探り、違和感を探知していた。

違和感――それは、トカゲたちの『呼吸』である。

どんな生物も、呼吸はする。

呼吸している限り、エミネムの探知からは逃れられない。

「殲滅《せんめつ》します!!」

槍を握り、エミネムはトカゲ目掛けて飛んでいく。

◇◇◇◇◇

俺は、首を切断したオオトカゲの頭に座り、フルーレたちの戦いを見ていた。

「猪突猛進《ちょとつもうしん》、超ド派手、安心確実……か。ふーむ」

この三人は強い。王国聖騎士相手にだったら楽に勝てる。

一番はやはりフルーレ。七大剣聖末席だが、今のサティとエミネムでは勝てないだろう。

二番目はエミネム。こちらは、スキルの細かい制御が上手《うま》い。

三番目はサティ。まぁ、粗削りだし、才能はあるが……やはり粗い。というか、声がでかい。

「どれ──『開眼』」

俺は目を開き、周囲を確認する。

「『鷹の目《ホークアイ》』」

開眼状態で使える技、鷹の目。

まぁ……『すっごくよく見える』だけの目だ。数百メートル離れたアリの歩行も見えるし、数キロ離れたオーガの昼寝も見える。

それで周囲を観察すると……見つけた。

「いたいた。面白そうな敵……さーて、次はそれぞれの弱点を知ってもらおうかな」

俺はトカゲの頭から飛び降り、サティたちの元へ向かうのだった。

トカゲの群れを倒した後も、サティたちは順調に魔獣を倒し進んだ。

まぁ、このダンジョンは序の口。あと十五日で挑むダンジョンの数は七つ。少しずつ、レベルを上げていく。最後のダンジョンをクリアできれば、最底辺の上級魔族と戦えるくらいにはなる……はず。

現在、森の奥に向けて進んでいると、サティが言う。

「あの、師匠……もうすぐ夕方ですけど、このまま進む感じですか？」

「ああ。ここは序の口だからな。今日中にクリアする」

「帰りはどうするんです？　引き返すとなると、夜になっちゃいますけど」

「このダンジョンの最奥から、外に出る道がある。ささ、そろそろ最奥だぞ。サティ、フルーレ、エミネム」

「「は、はい」」

「……あなた、なんでニヤニヤしているのかしら」

「ふふん。ここまで順調だったけど……最後はそうはいかないぞ」

森を抜けると、広場に出た。木々が根元から抜かれ、山積みになっている。

いや……山積みになっているんじゃない。

「大木が、山積みに……？」

「違うわ。あの積み方は意図的なもの」

「まさか……あれ、家ですか？」

エミネムは気付いた。

木々の積み方が、まるで丸太小屋のような形になっている。

しかも、その数は三つ。

『ゴルルルルル……』

「「!!」」

丸太小屋の一つから、赤い体毛の巨人が現れた。

全身が、赤い体毛に覆われている。肌の露出がない、完全な『毛むくじゃら』だ。

「何、こいつ……!!」

「フルーレさん、サティさん!!　一体だけじゃありません!!」

「「!!」」

フルーレが驚くのも束《つか》の間《ま》。

残り二つの歪《いびつ》な丸太小屋から、青い体毛、白い体毛の巨人が現れた。

サティが啞然《あぜん》とする。

「な、なに、まさか……!?　きょ、兄弟!?」

「『トリコロール・ジャイアントフット』だ。必ず三体で行動する大型の下級魔族。今のお前らにはちょうどいい」

「面白いわね――」

「ちょっと待った」

飛び出そうとするフルーレを止める。

「フルーレは赤、サティは白、エミネムは青と戦え。それぞれ、自分の弱点が見えてくるはずだ」

「「「……え」」」

「ほい、戦闘開始!!」

俺が手をパンパン叩《たた》くと、ジャイアントフットたちが揃《そろ》って雄たけびを上げた。

◇◇◇◇◇◇

とりあえず、サティは言われた通りに白いジャイアントフットへ向かって走る。

全長十メートルほどの巨人。サティにとっては『歩く的』だ。

長刀、短刀を抜いて腕を交差させ、雷を通す。

「『雷滅十字砲《ジガ・クロス・トール》』!!」

十字に飛ぶ雷の斬撃。

サティは、磁力を制御できるようになってから、雷と磁力の技をかなり増やした。

実戦で使うのは初めての技も多いが、村で岩石や巨木相手に試したら粉々になったこともある。

『スゥウゥッガァァ!!』

白いジャイアントフットが吐き出したのは、氷柱。

氷柱と飛ぶ斬撃が激突し――――サティの雷と相殺された。

「えっ……嘘《うそ》!?」

サティは横っ飛びし、氷柱をギリギリで回避する。

もう一度、雷を剣に込めて技を繰り出すが、今度は氷にかき消されてしまった。

「な、なんで……あたしの技、通じない!?」

サティは気付いていない。

純粋な、不純物のない氷は、電気を通しにくいということに。

◇◇◇◇◇◇

「くっ……」

フルーレの周りは、水浸しだった。

赤いジャイアントフットの吐く炎で、フルーレの氷が、あらゆる技が無効化されている。

直接的な攻撃をしようとしても、細剣ではダメージがほぼ与えられない。しかも、ジャイアントフットの体温が高く、近づけない。

「参ったわね……!!」

決定打を与えられず、フルーレは氷を生み出し、炎を防御していた。

「相性……ラスティス・ギルハドレッド、あなたの言いたいこと、わかったかも」

フルーレは気付いた。

自分の弱点。それは、攻撃のほとんどをスキルに依存していること。純粋な剣技は、細剣では人間相手でも決定打を与えられない。つまり……遠距離の炎属性に弱い。

赤いジャイアントフットは、フルーレの天敵でもあった。

「本当に、嫌な奴《やつ》……でも、面白いじゃない!!」

フルーレは細剣を握り、ジャイアントフットに向かって走り出した。

「見せてあげる――――『氷上《スケートリンク》』!!」

フルーレが剣を振るうと冷気が発生、地面が一瞬で凍り付く。

フルーレは、氷の上を滑るように移動。ほんの一瞬だが、フルーレの氷が赤いジャイアントフットの熱を上回る。

赤いジャイアントフットは、豪快に滑って転んだ。

「『氷上三回転《トリプルアクセル》』!!」

フルーレは滑り、赤いジャイアントフットの顔まで移動。

跳躍し、身体《からだ》を回転させた。

そして、回転したまま細剣を氷で固め――――回転の勢いを利用し、一気に突き刺した。

「『三回転突き《アクセル・トウシュ》』!!」

ズドン!!　と、赤いジャイアントフットの頭に、フルーレの氷剣が突き刺さった。

赤いジャイアントフットは白目を剝《む》き、起こしかけた頭がまた、氷面に落ちるのだった。

「大技ばかりじゃない。剣技もあるのよ」

フルーレはそう呟き、フンと鼻を鳴らすのだった。

◇◇◇◇◇◇

「くっ……やり、にくい!!」

風の力で飛び上がろうとするが、青いジャイアントフットの吐き出す大量の『水の玉』によって、空中に飛び上がることができないエミネム。

エミネムも、フルーレ同様に、自分の弱点に気づく。

「さすが、ラスティス様です……」

ラスティス様は、すぐに気づいたのだろう。

エミネムは、空中戦が得意だ。風の力で身体を浮かべ、槍による奇襲を得意としている。

だが、その上空への道が塞がれれば、否応《いやおう》なしに地上戦を強いられる。

もちろん、地上戦も不得意ではない。槍と同じくらい剣技も磨いているし、地上で使う槍技だっていくつも習得している。

だが、自分の真骨頂は、風を纏《まと》っての空中戦。最も得意な土俵を封じられたことは、エミネムにとって屈辱感があった。

「いいでしょう。私の槍を、見せてあげます」

エミネムが槍を構えると、周辺に小さな風の渦がいくつも巻き起こる。

そして、その風がエミネムの槍に絡みつき、エミネムの手から離れた。

『ゴォルルルゥウオオォオォオォ!!』

口から大量の『水の玉』を吐き出す青いジャイアントフット。

そして、エミネムの周囲にはさらに風が舞い――――エミネムは、両手を前に突き出した。

「『旋風《つむじかぜ》・螺旋槍《らせんそう》』!!」

渦巻く風を纏った一本の槍は、水の玉を弾《はじ》き、貫通しながら飛び――青いジャイアントフットの脳天も貫通、頭が吹き飛んだ。

槍は、風に誘導され、エミネムの手に戻る。

「槍は本来、投げる武器です。空中戦だけじゃない、地上戦でも、私は強いんですから」

◇◇◇◇◇◇

フルーレ、エミネムは自分の弱点を理解し、それを上回る技を見せた。

だが、サティはまだ戦っている。

「気付け、サティ……お前は、まっすぐすぎる。目の前しか見えていない。もっと柔軟な思考で戦うんだ……気付け、サティ」

ボソボソ呟いてしまうが、サティは気付かない。

サティ……雷を氷で防がれ、なぜ防がれたのか、どうすれば雷が通じるのか、それしか考えていない。雷が効かないなら磁力を使えばいいのに、そうしない。

柔軟な思考――それができないのが、サティの弱点。

それを乗り越えれば、サティはまだまだ強くなる。

「くっ、なんで……あたしの、雷が効かないなんて!!」

だから、雷が効かないなら、それ以外の手を使うんだって!!

「だったら、もっと出力を上げて……!!」

あーもう……脳筋的な解決法じゃ、絶対勝てないってのに。

「くっ、効かない!! どうしよう!!」

「あーもう!! サティ!! お前の力は、雷だけじゃないだろうが!!」

「えっ? あ……そ、そうか!!」

ようやく気付いたのか、サティは短刀を掲げた。

「『電磁集鉄《バンキング》』!!」

磁力の力場を生成。すると、鉄を含んだ小石、砂鉄などがサティの周囲に集まる。

「雷がダメなら磁力!! そっか、あたし、拘《こだわ》りすぎてたかも!!」

サティはようやく悟り、磁力を操る。

空中で水のように揺らめく砂鉄を、白いジャイアントフットに向けて放つ。

「『流砂鉄《サービア》』!!」

『ウオォォッ!?』

砂鉄が白いジャイアントフットの顔にくっつくと、そのままガッチリと固まった。

白いジャイアントフットは顔をかきむしるが、砂鉄は取れない。

徐々に動きがなくなり、そのまま後ろに倒れてしまった……呼吸不全による窒息だ。

サティは剣を掲げる。

「やった!!　あたしの勝ち!!」

「かなり、ギリギリだったけどな」

「あ、師匠!!　師匠、助言ありがとうございました!!」

「ああ。でも、本当なら自分で気付いてほしかったけどな」

「うぐ……」

「ま。三人とも倒せたし、よしとするか」

とりあえず、最初のダンジョンはこれにて終了!!　三人とも、いい感じに戦えたと思う。

でも……試練は、まだまだこれからだ。

閑話　アロンダイト騎士団にて②

アロンダイト騎士団本部。

エニードは、ソファに座ってブドウをモグモグ食べながら、イフリータに報告した。

「サティ、騎士団のエミネム、んで七大剣聖のフルーレ、ラスティスは南に向かって歩いて行った。ったく……クソつまんねぇ」

「ご苦労。フン……くだらんな、大方、七大剣聖二人で、サティとエミネム両名を鍛えるのだろう。来《きた》るべき、闘技大会に向けて……な」

「ケッ……真面目共が。あいつ、サティが東の平原で技の訓練をしてて無防備だったのに……ちょいと揉《も》んでやろうとしたのを止めやがって」

エニードは、イフリータの傍《そば》に立つ少女、ロディーヌに言う。

ロディーヌは眠そうに欠伸《あくび》をした。

「闇討ち、ダメ……エニード、卑怯者《ひきょうもの》」

「フン。ちょっと実力を見ようとしただけだっつーの」

「サティに負けるかもしれなかったし」

「あ？　アタシが、あんなザコに負けるって？」

イライラするエニード。ロディーヌは再び欠伸をして、イフリータに言う。

「総隊長。お父様、来るの？」

「ああ。我々七人に、訓練を付けに来る」

イフリータ、エニード、ロディーヌ。そして、カリア、ブランゲーヌ、リン。この六人ともう一人が、闘技大会のメンバーだ。

エニードは言う。

「おいイフリータ。いい加減、最後の一人が誰か教えろよ」

「……私も知らん。お父様が連れてくるとは思うが」

「ケッ……親父《おやじ》のやつ、どうせ部隊長の誰かだろ。もったいぶりやがって」

エニードはつまらなそうに言う。

すると、ソファで紅茶を楽しんでいたブランゲーヌがカップを置いた。

「さっきから聞いていれば……エニード、あなたは本当に品がありませんわね。淑女なのだから、そのように足を開いたり、胸元を開《はだ》けたり、みっともない格好をしないでちょうだい」

「うっせぇな。お上品なガキは黙ってろよ」

「まぁ、言われたことを理解できないあなたの方が、よっぽどお子様だと思うけれど？」

「あぁ？　んだとコラ」

険悪。すると、茶を啜《すす》っていたリンが、笑いながら言う。

「はっはっは!!　仲良きことは美しき哉《かな》!!　うんうん、もっと喧嘩《けんか》すれば、仲直りした時にもっと仲良くなれるでござる」

「「……」」

エニード、ブランゲーヌはため息を吐《つ》き、会話を打ち切った。

そして、黙々と仕事をしていたカリアが、書類の束をイフリータへ。

「あの、できました」

「ああ、ありがとう。全く……お前たちも、カリアを見習って、少しは手伝ったらどうだ」

イフリータが嫌みを言うが、誰も返事をしなかった。

すると、ドアがノックされた。

「失礼します、イフリータ」

「お父様!!」

入ってきたのは、ランスロット……そして、見慣れない少女だった。

「さ、入りなさい。デボネア」

「ええ」

デボネア。どこか娼婦《しょうふ》のような露出の多いドレスを着た少女だ。

少女はイフリータたちを一通り眺め、イフリータに言う。

「あなたが、一番強いわね」

「……」

「ね、ここで戦えばいいの？　ふふふ……」

「ここではありません。あなたが戦うのは『闘技大会』です」

「あっそ……ま、いいけどね」

嘲笑《あざわら》うような、そんな笑みを浮かべる少女だった。

イフリータは、それが面白くない。

「お父様……彼女は？」

「彼女はデボネア。私の新しい娘で――イフリータ、あなたと同じ『神スキル』の持ち主です」

「っ!?」

「さ、これで七人揃《そろ》いましたね。では――訓練を始めましょうか」

ランスロットがそう言うと、緩んでいた空気が一気に張り詰めたような気がした。

イフリータは、ランスロットと向かい合っていた。

「本気で来なさい」

そう、ランスロットに言われた。

それだけで、イフリータの炎は燃え上がる。

「『烈火《れつか》闘衣《とうい》』!!」

イフリータの炎が全身を燃やし、まるで炎の衣となる。

この状態のイフリータは、赤いジャイアントフット以上の熱を放ち、物理攻撃をほぼ無効化する。

矢が飛んでくれば燃え尽き、鉄の剣は瞬く間に溶解する。

イフリータは、自分の衣類が燃えないように調節し、愛用の大剣『カレトブルフ』を片手で持ち、ランスロットに全力の敵意を向ける。

ランスロットは、ゆっくりと剣をイフリータに向けた。

「いい闘気です。成長しましたね、イフリータ」

「参ります!!」

褒められた喜びを戦意に変え、イフリータはさらに燃え上がった。

炎が柱のように、天高く燃え上がる。

「『炎魔神《えんまじん》』!!」

炎が、神々しい神の姿へ変わり、ランスロットに向けて拳を放つ。

「『地獄拳《じごくけん》』!!」

「——素晴らしい一撃です」

迫り狂う炎の拳——ランスロットは、剣を軽く横に薙《な》いだ。

それだけで、炎の魔神が消滅した。

「まだまだぁぁ!!」

炎の魔神は囮《おとり》。

すでに、イフリータがランスロットに迫り、大剣を振り上げていた。

ランスロットは、すでにイフリータに向けて剣を向けていた。

いつの間に——だが、イフリータはもう止まらない。

剣が燃えるのではない。

超高熱を帯びた剣は燃えず、炎を全て刀身に込めた斬撃となり、ランスロットを両断すべく振り下ろされた。

「『煉獄斬《れんごくざん》』!!」

下級魔族なら触れただけで溶解する一撃を、ランスロットは受け止めない。

イフリータが気づいたのは、ランスロットの剣がブレた瞬間だった。

それだけで、イフリータの剣の炎が斬られた。

「なっ……」

炎を、そして熱だけを斬った。

ランスロットの剣は、すでにイフリータの首に突きつけられている。

「私の勝ちですね」

「……はい」

「イフリータ。成長しましたね。父として誇らしいです」

「……はい」

イフリータは、少女のように頬を染め、顔を綻ばせた。

互いに剣を納め、二人はポカンとした表情で戦いを見ていたエニードたちの元へ。

「なんだお前たち、間抜けなツラをして」

「……別に、なんでもねぇし」

エニードがそっぽを向く。すると、リンが大笑いしながら言う。

「はっはっは!! いやぁ、父上はすごい!! すっかり呑《の》まれてしまった!!」

そう、圧倒されていたのだ。

イフリータの『神スキル』と、ランスロットの『神スキル』同士がぶつかった。

その結果、エニードたちは押され、何も言えなくなってしまった。

ブランゲーヌは言う。

「お父様は、やはり最高にして至高の騎士!! アルムート王国最強ですわ!!」

「はは、ありがとう、ブランゲーヌ」

ランスロットは笑い、ブランゲーヌの頭を撫《な》でる。

「さぁ、みんな。闘技大会は近い……今度は全員で、かかって来なさい」

ランスロットの訓練も、ラスに負けず劣らず過酷だった。

第七章　脇役剣聖、鍛え終わる

ダンジョンを巡って早十三日……いよいよ、最後のダンジョンに挑戦する時がきた。

最後のダンジョンは、廃棄された街。

大昔、人が住んでいた街だが、どういうわけか濃度が濃い魔力が地面から吹き出し、そのままダンジョンと化してしまった場所だ。

廃棄されて百年ほど経過しているらしいが、近づいただけで『濃い』街だとわかる。

そんな街の入口に、俺たちはいた。

「ここが最後のダンジョンだ。感じるか？」

「「「…………」」」

三人とも無言。

この十三日。ダンジョン漬け、戦い漬けの毎日だからか、疲労の色が濃い。

だが……間違いなく、三人は強くなっていた。

「俺が『視《み》た』ところ、大型の中級魔族が四体いる。それぞれ進んで、そいつらを討伐してこい」

「四体……最後の一体は？」

サティの覇気がない。眼《め》もトロンとしてるし、全身ドロドロだ。

フルーレ、エミネム。この2人はサティとは違い、疲労こそあるが、逆に研ぎ澄まされた剣のような雰囲気がある。

「最後の一体は、俺が倒す。俺も運動不足だし……それに」

「……それに？」

「ふふ。内緒だ。さて、終わったらみんなにご褒美をやろう。さぁ、頑張れよ!!」

「ご褒美!!　わぁ、なんだろう？」

「……子供じゃないんだけど」

「ラスティス様のご褒美……」

みんな、少しは元気が出ただろうか。

俺はみんなの背中を叩《たた》き、ダンジョンに送り出した。

「さて、俺も行くか……少しは、動かないとな」

俺にも、大事な仕事があるからな。


俺が真っ先に向かったのは、街の一番奥。

道中の魔獣は無視。街の一番奥にあったのは領主の館。ここを根城にしていたのは、漆黒の騎士。

真っ黒な鎧《よろい》、マント、そして剣を持つ騎士……じゃない。

こいつは魔獣だ。

「『黒騎士ブジンソード』か……昔、こいつと似た魔獣を、何体も倒したっけ」

討伐レートSの危険な中級魔族。恐らく、俺が倒した上級魔族と同じくらい強い。

「参ったな……俺じゃなくて、サティと戦わせればよかったかな」

すると、黒騎士は剣を抜き、盾を構える。

俺は抜刀態勢に入り、剣の柄《つか》に手を添えた。

「悪いけど、お前の後ろにある屋敷に用があるんだ。それと——……俺もやることができたんで、ちょっとお前には付き合ってもらうぞ」

俺の腰には『冥狼斬月《めいろう》』があり、俺は半身で柄に手を添えている。

黒騎士は、剣を振りかざして俺に迫ってくる。

◇◇◇◇◇◇

サティ、エミネム、フルーレの三人は、ラスが指定した魔獣と戦闘していた。

が——……一瞬だけ感じた強大な『圧』に、思わず動きを止めてしまう。

「……師匠？」

「……」

「ラスティス様……？」

三人とも、同じことを考えていた。

間違いない。ラスティスが、本気の一撃を繰り出した。

何が起きたのか理解できないし、ラスティスが本気を出すレベルの敵がいるとも思えない。

それでも、ラスティスは本気で剣を振るったのが、三人にはわかった。

「師匠──……さすがです!!」

「……本当に、嫌になるわね。なんであれだけの力で、序列六位なのかしら」

「本当に、ラスティス様はすごい」

三人は、気合を入れ──今ある全力で、魔獣を屠《ほふ》った。

◇◇◇◇◇

三人が、俺のいる領主の館にやってきた。

怪我《けが》らしい怪我もしていない。その表情は自信に満ちており、やり切った感じが見てわかった。

俺は、三人を出迎える。

「お疲れさん」

「師匠、終わりました!!」

「ふぅ……不思議と、強くなった気がするわね」

「不思議じゃありません。私たち、強くなりました」

そう、三人は強くなった。

ダンジョンに挑戦する前とは雲泥の差。今なら、上級魔族とも戦える。

俺は三人を連れ、領主の館に入る。

「今日はここを宿にする」

「あの、師匠……さっき、ものすごく強い力を感じたんですけど」

「ああ、俺だ。ここを根城にしていた中級魔族を倒したんだ」

「……そんなに強い魔獣だったんですか？　師匠なら、その……もっと軽くやっつけられたんじゃ」

「ま、俺にもいろいろあるんだ。さ、お前たちが来る前に掃除したぞ」

空き部屋の一つを掃除し、テントを張った。

無事な椅子やテーブルを集めて綺麗《きれい》に水拭きしたし、窓も綺麗に拭いた。

今日はここで一泊。明日、王都に戻って最終調整をして、闘技大会に挑む。

「さて、みんなにご褒美をやろう」

「やったー!!　わくわく、なんだろう？」

「……甘いの、食べたいわ」

「ああ、確かに……ご褒美って、チョコとかですか？」

「違う違う。ささ、こっちに来い」

三人を連れて、領主の館一階の隅にある部屋へ。

そこのドアを開けると——ふっふっふ、そう、脱衣所だ!!

そして、脱衣所の先にあるドアを開けると、そこにあったのは浴場だった。

「というわけで、ご褒美は『風呂』だ!! 掃除もして、湯も張り替えたから綺麗だぞ～」

「おおお!! すごいです!!」

「へぇ……これは嬉《うれ》しいわね」

「あの、ラスティス様。ここにお風呂があるって、知ってたんですか?」

「ああ。団長がくれたダンジョンの地図と資料を見て、ここの領主の館には風呂が備え付けられているのを知ったんだ。で、詳しく調べたら、この地下に温泉が湧いてるらしくてな、領主が独り占めしてたんだよ。ゆるせん奴《やつ》だ」

俺が全力を出して魔獣を屠った理由。早く温泉を確認したかったから……なんて、あまり言いたくないことだ。

「さ、俺は夕飯の支度するから、お前たちはゆ～っくり風呂に入れ」

「はい!! やった、みんなで入りましょう!!」

「いいわね。ふぅ……ここ最近、ずっと戦い漬けだったし、のんびりしたいわ」

「私も、身体《からだ》を洗いたいです。ふふ、温泉……嬉しい」

三人はキャッキャしながら温泉へ。

俺は食事の支度……ふふふ、温泉は後で楽しませてもらうぜ。

深夜。俺は一人、温泉を堪能していた。

「ふぁぁぁ～……いいね、温泉」

サティたちは、温泉から上がって食事を済ませると、疲れのせいか死んだように眠っている。

明日は、王都に帰るだけだ。今日はのんびり休んでもらおう。

「アルムート王国聖騎士団と、アロンダイト騎士団の親善試合。闘技大会、で……アルムート王国聖騎士団には、生き残りを賭けた戦いか」

今更だが、死ぬのはアルムート王国聖騎士団で、王国聖騎士団が勝ってもアロンダイト騎士団には特にダメージはない。アルムート王国聖騎士団も延命するだけで、いずれは解体される日が来るかもしれない。

「……ランスロット」

奴は、何を考えているのか……考えられることはいくつかある。

まず、権力……アルムート王国聖騎士団が解体され、ただの一般兵として運用されることになれば、その全ての指揮権はランスロットの手に落ちる。

七大剣聖は独立してるから指揮権はないが、王国聖騎士、兵士の全てはランスロットに従うだろう。

「あいつは、権力を望んでいるのか？ ったく……ヴァルファーレ公爵家も立派な権力だろうが」

昔のランスロット……そういや俺、あいつのことよくわからんな。

あいつがなんであぁなったのか……そこに、ランスロットの闇が隠されているような、そんな気がした。

第八章　脇役剣聖、三人娘の買い物に付き合う

王都へ帰還し、フルーレの屋敷へ戻って来た。

温泉で疲れが取れたのか、三人はスッキリした顔をしている。

「さて、親善試合まで残り十六日。これから最終的な調整をする」

「「「………」」」

「が、まだ十六日あるしな。今日から四日間の休養だ」

「え、いいんですか!?」

サティが喜ぶ。だが、エミネムとフルーレは顔を見合わせ、フルーレが言う。

「私は戦わないから何とも言えないけど……いいの？　騎士団の命運が懸かってる戦いなのに、遊んでる場合？」

「だからこそ、だよ。ずっと薄暗いダンジョンで戦い漬けだったんだ。しばらく休んで、英気を養うのも立派な修行だ。そう、これは訓練の一環ってこった」

「……適当ね」

フルーレが呆《あき》れる。するとサティがフルーレ、エミネムの腕を取った。

「お休みですっ!!　三人でお出かけしましょうっ!!」

「きゃっ……もう、サティさんってば」

「……やれやれ、仕方ないわね」

エミネム、フルーレは苦笑しつつ、顔を見合わせて笑っていた。うんうん、なんだかんだでサティに甘い二人だ。

「師匠、師匠も一緒にお出かけしましょう!!」

「いや、俺はいい。女の子だけで遊んでこいよ」

「えー？　でもでも、師匠も一緒がいいです。ね、フルーレさん、エミネムさん」

「そ、そうですね……ラスティス様も一緒がいいです」

「……修行の一環なら、師がいないとダメなんじゃない？」

エミネムは顔を赤らめ、フルーレはどこかからかうように笑っていた。

うぐぐ……一人になったら、ラストワンの店で飲もうと思ってたんだが。

「師匠、ダメですか……？」

「…………はぁ」

仕方ない……サティたちに付き合うしかないか。

◇◇◇◇◇◇

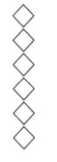

翌日。

俺は宿屋からサティたちとの待ち合わせ場所へ……朝食も食わずに。

待ち合わせ場所は、王都のど真ん中にある中央広場。

広場には巨大噴水があり、王都の観光名所にもなっている。待ち合わせ場所に行くと……おお、いたいた。

「師匠ー!!」

「ら、ラスティスさま～」

「……遅い」

手をブンブン振るサティ、控えめに手を振るエミネム、腕組みして不機嫌そうなフルーレだ。

全員、私服姿だ。

「師匠、どうですか、私服です!!」

サティは、フリル付きのブラウスにミニスカート、ブーツ姿で帽子を被《かぶ》り、可愛《かわい》らしいポーチを肩掛けしていた。この私服は見たことがないな。

「お前、そんな服持ってたっけ?」

「最初の言葉がそれですか……王都で買ったんですよー」

「へえ、似合うな」

「えへへー」

サティはニコニコしながら身体《からだ》を揺らす。

「あ、あの……ラスティス様」

「おお、エミネムも私服か」

エミネムはワンピース姿だ。緑色のワンピースに、首にスカーフを巻いている。可愛らしいというよりは美人だな。

「似合ってるぞ。ははは、美人さんだなあ」

「～～～っ」

あれ、なんか黙って俯《うつむ》いてしまった……だ、団長に見られたら俺死ぬんじゃないか？

「あなた、いつもと変わらないわね。私服ないの？」

フルーレは、ぴちっとした青系のドレスだ。スカートも短めで、活動的なフルーレによく似合っている。

「お前の私服、初めて見たな」

「……だから何？」

「いや、お前らしいなって思って」

「……あっそ」

フルーレはそっぽを向いた。すると、サティの腹がグーグー鳴った。

「あう、お腹空《なかす》きました……よし!!　朝ごはんに行きましょう!!　フルーレさんおススメのカフェで、オシャレな休日朝食です!!」

「なんだよ休日朝食って……まあいいか。とりあえず、メシ行くか。フルーレ、案内してくれ」

「ええ。こっち。サンドイッチのお店だけど、二人はいい？」

「もちろんです!!」

「はい。ふふ……こんな休日、初めてで嬉《うれ》しいです」

俺たち四人は、フルーレの案内で喫茶店へ向かうのだった。


喫茶店でサンドイッチの朝食を終え、お茶を飲みつつ予定の確認。

「あたし、下着を買いたいです。最近、胸回りが大きくなって、今ある下着じゃキツくて」

「……あのな、そういうのは俺の前で言うなよ」

いきなりサティがストレートを叩《たた》きこんできた。確かに、俺の眼《め》なら見える……サティ、胸が大きくなってる。

フルーレは、サティの胸元をじっと見て、軽く咳払《せきばら》い。

「こほん。じゃあ、下着と……私は、新しい茶器が欲しいわね」

「茶器ですか？　フルーレさん」

「ええ。趣味で、茶器を集めてるのよ」

そしてエミネムが小さく挙手。

「私は、新しいリボンが欲しいですね。予備のリボンも破れちゃいまして……」

各々、買いたい物があるようだ。するとサティが言う。

「師匠は欲しいものないんですか？」

「ないな。あったけど、全部手に入れた」

「え、なんですか？」

「そりゃ風呂道具だよ。村の職人たちに、風呂桶《おけ》や椅子を作ってもらったし、新しい手ぬぐいも縫ってもらったしな。ああそうだ、風呂で楽しむ用の酒は欲しいなあ」

「……お風呂ばかりですね」

「いいだろ。俺の人生なんだからな」

我が人生、風呂と共にあり……俺の墓標に彫って欲しい言葉だ。

「……じゃあまず、服屋に行きましょうか」

フルーレが立ち上がり、俺たちは喫茶店を後にした。


最初に向かったのは服屋だ。

女性専門店なのか、店内には女性しかいない……なんだろう、この敵地みたいな感覚。

俺はフルーレに言う。

「俺、隣のカフェで待っててていいか？」

「別にいいけど」

「ダメです!!　師匠、あたしの下着選んでくださいよー!!」

「ば、バカ、デカい声で変なこと言うなっつの」

ほれみろ、女性客が俺を見てひそひそ話《はな》してる!!

「……お客様。本日はどのようなご用件で」

「あ、いや、俺はその、付き添いで」

なんって不審者を見るような目で俺に話しかけてくるんだ店長さんよ!!　俺、不審者じゃないから!!　勘弁してくれ!!

「師匠、師匠って何色好きですか？　赤？　白？　青？」

「ば、バカ、だから俺にそういうの聞くなってのl!!」

「……お客様」

店長が俺を睨《にら》む……というか、七大剣聖が弟子の下着選んで不審者扱いとか、団長に知られたらマジで殺される気がする。

「エミネム、フルーレ、任せた!!」

「あ、師匠ー!!」

俺は逃げ出し、隣のカフェに飛び込み、コーヒーを注文するのだった。

二軒目は、茶器専門店。

「師匠ってば、照れちゃって」

「あのな、俺を不審者にするつもりかお前は」

「えへへ。でもでも、赤いの、白いの、青いのと買いました。見たいですか？」

「サティ、最終的な調整で地獄見せてやるから覚悟しておけ」

「えええええ!?」

「そこ、うるさいわよ」

店内で喋《しゃべ》っていると、フルーレに睨まれた。

茶器専門店。まるで芸術品のような茶器が、壁一面の棚に納められてたり、ガラスケースに入れられたりして飾られている……値段を見たが、恐ろしい値段ばかり。

「わあ……綺麗《きれい》」

「エミネム。公爵家ではどんな茶器を？」

「す、すみません……その、私、こういうのに疎くて。あ……でも、これと同じ物はありますね」

「こ、これって……アストロラーベの一品じゃない。白金貨でしか買えない茶器……さすが公爵家」

「お、お母様の趣味で、私はあまり……もっと勉強しますね」

なんか、女子って感じの会話だな。二人とも貴族令嬢だし、話は弾むのかもしれん。

サティは、棚にある紫色のカップを眺めている。

「わあ、飲みにくそうだし、量も入らない感じのカップですねー」

めちゃくちゃ失礼なことを呟《つぶや》いていた……うん、サティ、店内で感想言うのやめような。


三軒目、リボン専門店……リボン専門店なんてあることに俺は驚いた。

エミネムは、店に入ると俺に言う。

「あ、あの……ラスティス様は、赤、青、白が好きなんですか？」

「……サティの下着とは無関係の意味だよな？」

「も、もちろんです!!　その……新しいリボン、ラスティス様に選んでほしくて」

「俺に？　でも俺、デザインとか、なんも知らんぞ。おっさんだし」

「でもでも、選んで欲しいんです!!」

「うおっ……わ、わかったよ」

エミネム、ぐいぐいと近付いてくるから驚いた。

とりあえず、売り場の棚を眺めてみる……カラフルなリボンがいくつも巻かれ、好きな長さでカットして売ってくれるらしい。

サティ、フルーレに相談してみようと思って二人を見ると。

「できた。どう？　ツインテールよ」

「わあ、こんなの初めてです。えへへ、似合いますか？」

「そうね……あんまり似合ってないわ」

「えー……？　じゃあ、違う髪型で」

「ええ、待ってなさい」

リボンの試着コーナーにて、鏡の前でサティの髪をリボンで結って遊んでいた。こっちに関わるつもりがないのか、姉妹みたいな空気出してやがる。

なんか邪魔しちゃ悪い気もしてきた……まあ仕方ない。

「う～ん……エミネム、槍《やり》、風」

エミネムのイメージを口に出しながらリボンを物色していると。

「お……いいな、これ」

緑、黄緑、濃い緑が組み合わさったリボンだ。デザインはシンプルな曲線で、まるで風のような感じがする。

「エミネム、これなんてどうだ？」

「すみません、これあるだけください!!」

エミネムは、俺の選んだリボンを試着もせずに全部購入……こ、公爵令嬢って豪快な買い物するんだな。けっこう驚いたぞ。

「えへへ……ラスティス様、リボン、大事にしますね」

「お、おう」

でもまあ、喜んでくれたみたいだし、別にいいか。

さて、王都の酒屋へ来た。

が……俺が酒を買って終わりなので詳細は割愛。

酒を買い、フルーレおすすめのカフェでランチして、午後は街を散策……あっという間に夕方だ。

日が傾き始めたころ、サティは言う。

「はぁ～……今日はすっごく楽しかったです。えへへー、皆さんと王都散策、またやりたいです」

「おいサティ、休養は四日間で、今日は初日。で、お前とエミネムはフルーレの屋敷で世話になってる。つまり、三人揃《そろ》ってるから、あと三日は遊びに行けるぞ」

「あ、そうだった!!　やったあ、フルーレさん、エミネムさん、明日も遊びましょう!!」

「……明日は私、仕事があるから。ごめんなさいね」

「私は一緒に遊べます。ふふ、どこか行きますか?」

「やったあ。じゃあ、甘いもの巡りとかどうです? あ、おススメのパン屋さんもありますよ。飴《あめ》ちゃんくれるおじさんにも挨拶しないと」

サティ、そのおじさんはダメだ。

まあ、エミネムが一緒なら大丈夫か。

「えへへ、残り三日……よーし、いっぱい遊んで身体を休めるぞ!!」

「……なんか矛盾してる気がするわね。ラスティス・ギルハドレッド、本当に大丈夫なの?」

「ま、まあ……最終的な調整で地獄見せるから大丈夫だろ」

「それもおかしいけど……まあ、いいわ。エミネム、明日はサティのこと、お願いね」

「はい。あの……ラスティス様は?」

「あー……悪いな。俺も明日は用事がある」

戦いまであと少し。サティ、エミネム、今はしっかり休んでくれ。

ああちなみに……俺の用事はラストワンの店で遊ぶという、大事な大事な用事だ。

すまんな、俺だって息抜きしたいのさ!! ほんとにごめんな!!

第九章　ゴールデンタイム：ラストワンの酒

俺は一人、夜の王都へ向かって歩き出した。

サティはエミネムと一緒にフルーレの屋敷だ。今日はフルーレを含めた三人でパジャマパーティーするとか言ってたから、俺に邪魔は入らない。

向かったのは、王都で一番デカい娼館《しょうかん》……ラストワンの経営する娼館グループ『ゴールデンタイム』の本店である。

王都に二十の支店がある『ゴールデンタイム』……訪れたお客様に黄金の時間を、という意味らしい。派手な外観の建物で、入口には呼び込みの青年と客引きの女性が立っていた。

俺が近づくと、二人の表情が輝く。

「ラスさん!!」

「あらぁ、ラスくんじゃない。久しぶり〜」

「おう、バイトにミューズ。相変わらず客引きしてんな。ラストワンの奴《やつ》はいるか？」

「店長なら、地下の酒場で踊ってますよ」

「ふふ〜ん……」

と、ミューズが俺の肩に手を乗せる。

「ね、ラスくん。お店に来たってことはぁ～……遊んでいくの？　ね、相手決まってる？」

「まだだな。ってか、俺ツケがまだ溜《た》まってるから、飲みはするけど遊べねぇよ。まあ、ラストワンが奢《おご》ってくれるんならいいけどな」

ミューズはパッと手を離す。

「お金ないなら相手しな～い」

「相変わらず厳しいな。ほれチップ、バイトにも」

ミューズ、バイトに銀貨を渡すと、二人は声を揃《そろ》えて「一名様ご案内～」と案内してくれた。

さて、店に入ると大きなドアがあり、さらに地下へ続く階段、二階へ続く階段があった。

一階は娼館、二階は静かなバー、地下にはダンスホールのある酒場がある。まさに夜の遊び場って感じの建物……しかも、めちゃくちゃ広い。

一階の受付へ行くと、恰幅《かっぷく》のいいおばちゃんがニヤッとした。

「なんだい、ラスじゃないか」

「ようミンキ。ラストワンいるか？」

「店長は地下で踊ってる。あんたも交ざるのかい？　それとも……くくく、今日はいい子ばっかりだよ。ナンバーワンからナンバーファイブまで勢ぞろいさ」

「この店のトップファイブと遊んだら破産しちまうよ。今日はあいつと飲む約束してるんでな、地下に行くぜ」

「はいはい。相変わらず貧乏だね」

「うっせ。じゃ、今度飲もうぜ。屋台で、俺の奢りで」

「ケチ臭いね。でも、いいよ。ああ……夜の相手もしてやろうか？」

「旦那に殺されちまうっつーの」

俺は地下の階段を下る。広い踊り場の先にデカいドアがあり、ドアを開けると大音量の音楽が流れ、スポットライトがステージを照らしていた。

「ヘイヘイヘイ!!　次の曲ぅ!!　飛び入り歓迎、オレとダンス勝負するヤツいるかぁ!?　勝てば生涯無料で飲ませてやるぜ!!」

いた、ラストワンだ。

ってかあの野郎……際どい衣装着た姉ちゃんとダンスしてるのはいい。けど、七大剣聖の証《あかし》であるマント着たままで踊ってやがる。団長見たらブチ切れるぞ。

周りを見ると、老若男女問わずみんな酒飲んでるし、その場で踊ったり、店の女とダンスしてるやつもいる。ってかこの地下酒場広すぎんだよ……客が五十人以上いても余裕の広さだぞ。

すると、ラストワンと目が合った。

「おーうラス!!　ステージ上がれぇ!!　オレとダンスバトルしようぜ!!」

「はっ……」

あの野郎……こんな場所で、俺の名前をデカい声で呼びやがって。

おかげで、多くの客が俺を見たじゃねぇか。

「ったく……仕方ねぇなあ!!」

俺は、酒を運んでいた姉ちゃんのトレイからグラスをひったくり、一気飲み。

いい感じに酔いが回り、マントを脱ぎ捨て胸元を開《はだ》け、思い切り跳躍……ステージに飛び乗った。

「ひっさしぶりにやるか、ラストワン」

「いいねいいね!!　若い頃を思い出すぜ、なあラス!!」

そして、ドラマーがシンバルを鳴らしまくり、踊っていた姉ちゃんたちが下がる。

「さあ、派手にやろうぜ!!」

「おう!!」

新しい曲が流れ始め、俺とラストワンのダンス対決が始まるのだった。


数十分後。

俺とラストワンは、ステージから離れたテーブルで、静かに飲んでいた。

「いや～盛り上がったぜ、ありがとよ、ラス」

「白けさせるわけにいかねぇからな。にしても……若い頃を思い出したぜ」

「ああ。オレとダンス対決な。ってかお前、鈍ってねぇな……実はまだ踊ってる？」

「んなわけあるか」

「ははは。じゃ、バーに移動しようぜ。アナスタシアも飲んでる」

俺、ラストワンは二階へ。

二階はバーだ。ドアを開けると別空間……壁一面が巨大水槽になっており、ライトアップされている。

水槽の中では魚たちが優雅に泳ぎ、さらにオーケストラの生演奏が店内に流れている。

店内に小さな噴水があり、ライトの光で飛沫《しぶき》がキラキラ光ってる。

カウンター席から眺めるバーカウンターの壁一面に、世界各国の様々な酒が並んでおり、マスターがキュッキュとグラスを磨いていた。

そして、窓際の席で一人、アナスタシアが酒を飲んでいた。

「……随分と楽しく踊ってたじゃない」

「見てたのかよ……」

挨拶もなしに、いきなり言われた。

俺、ラストワンは座り、適当に酒を注文。アナスタシアも酒のおかわりをして、三人で乾杯する。

俺は出されたワインを一気飲みし、おかわりを注文。

「しかし、こうして三人で飲むのは久しぶりだな」

俺が言うと、ラストワンは「かかか」と笑う。

「確かにな。以前は、団長もフルーレもいたしな」

「そうね……ふふ、懐かしいわね。お酒を飲める歳《とし》になった時、ラスが街の酒場で飲ませてくれて」

アナスタシアが懐かしそうに言うと、ラストワンが被《かぶ》せてくる。

「アナスタシア、お前が『騒がしいのイヤ』って言うから、ラスがなけなしの金で高級なバーに連れて行ったんだよなぁ？」

「……そうだったかしら」

「ま、オレも一緒だったけどな。でもよ……思えば、それがきっかけだな」

ラストワンがウイスキー炭酸割りを一気に飲み、おかわりを注文。

「オレはよ、騒がしい酒場も好きだが、こういう静かなバーで飲む酒も好きだ。功績上げて、七大剣聖になって爵位やら領地やらって話になったけど、全部辞退して、大金と土地をもらってよかったぜ。じゃなきゃ、夜の帝王なんて呼ばれることもなかったしな」

そういや、ラストワンが酒場で飲むようになったの、俺が街の酒場に付き合わせてからだっけ。

アナスタシアはラストワンを見て言う。

「私は爵位を得たけど、そのまま商売も始めたわ。元々、商人の娘だったしね……」

「ハハッ、確かにな」

二人は、元々は孤児だ。ラストワンはスラムにいた喧嘩《けんか》好きのヤンチャ坊主、アナスタシアは商人の娘だったが、神スキル保持者ということで両親に高額で売られた。

のちに、ラストワンにも神スキルが発現し、俺が引き取って弟子として一緒に暮らしていた。

「あの頃は、俺もまだ王都に家を持ってたっけなあ……」

「ああ。オレ、アナスタシア、ラスの三人で一緒に暮らしたよな」

「でも、ルプスレクス討伐後、あなたは家を売って、私とラストワンを騎士団に預けて、ギルハドレッド領地へ……正直、また捨てられたとあなたを恨んだわね」

「オレぁランスロットを恨んだぜ。あの野郎、ラスの功績をー……なんて、食って掛かったぜ」

今でこそ笑い話だが……ギルハドレッド領地に行ってすぐ、フルーレの祖父であるエドワド爺《じい》さんから手紙が来たっけ。

ラストワン、アナスタシアが荒れている。騎士団では手が付けられないから戻って来いとか。でも俺は戻らず、その後すぐに二人が七大剣聖になり、商売を始めたとも聞いた。

その後、七大剣聖会議で二人に会い、めちゃくちゃ怒られたし、殴られたこともあったなあ。

「おいラス、なーに考えてんだよ」

「いや。お前らもデカくなったなあ……ってな」

「ああ～……確かになあ？」

と、ラストワンの視線はアナスタシアの胸へ……まあ、確かにデカい。小さい頃はぺったんこだったし、鎧《よろい》を着るようになってから胸の大きさとか気にしたことなかったもんな。

アナスタシアは視線に気づき、ラストワンに目つぶし。だがサングラスなので目は守られた。

「まあ……デカくなっても、俺にとってお前らは可愛《かわい》い弟子、で飲み仲間、で金づるだ。へへ、うちの領地が財政危機になったら、頼りにしてるぜ？」

「は、やなこった」

「ええ、もう大人だし。しかもあなた貴族でしょ？　自分の領地くらい、自分で守りなさい」

き、厳しい……まあ、冗談で言っただけだが。

俺は笑い、おかわりの酒を一気に飲んだ。

「さーて、今日は飲むか。おいアナスタシア、お前もダンスバトルするか？」

「嫌よ。私、静かに飲むのが好きなの」

「へへへ、そのデカい胸が揺れるところ、オレは見たいけどな」

この日は朝方まで飲み続け……翌朝、フルーレに怒られることになるのだった。

第十章　風の騎士、エミネムの槍

闘技大会、いや親善試合……まぁ、どっちでもいい。

ダンジョンから戻り、休暇を終え、最終的な調整を終えた。

現在、俺とサティとエミネム、フルーレ、団長、そして団長が選抜した闘技大会の代表騎士五人で、会議室にいた。

「試合は明日。早朝より始める。第一訓練場には陛下と殿下、そして騎士たちが多く集まる……ここで我々が敗北すれば、アルムート王国聖騎士団は解散となるだろうな」

代表騎士五人は知っているのか、特に驚かない。

団長が大会のために鍛え直したんだろう……騎士の中でもかなり強い。

でも、サティとエミネムには劣る。もともと、この二人は『神スキル』持ちだし、鍛えれば鍛えるほど、スキルの力は強くなる。

団長が言う。

「さて、試合は勝ち抜き戦。総当たり戦ではない……先鋒《せんぽう》が戦い続けることもできる」

「私が先鋒を務めます」

これには全員、特に団長が驚いていた。

団長が言い終わる前に挙手したのは、エミネムだ。

「……本気か」

「はい。私一人で、六人倒します。最後、イフリータ総隊長は、サティに譲りますので」

「え、エミネムさん……」

「ふふ、言うわね。面白いじゃない」

サティが唖然《あぜん》とし、フルーレが面白そうに笑った。

まぁ、これには俺も同意する。

「団長、どうします？　俺はいけると思いますけど」

「……確かに。エミネムは以前と別人だ。正直……ここまで化けるとは思わなんだ」

「お父様……」

「確認する。いけるのだな？」

団長は、エミネムをまっすぐ見た。

エミネムも、団長の目をまっすぐ見て、大きく頷《うなず》く。

「いけます」

「——……いいだろう。では、先鋒をエミネム。次鋒《じほう》をサティとする」

「……お父様」

「『神スキル』持ちとして、恥ずかしくない戦いをしろ」

「――はい!!」

「……後で、第一部隊長室に行け。以上」

「え？」

それだけ言い、団長は出て行った。

その後、俺で残りの騎士の順番を決め、解散となった。

今日はサティ、第一部隊の宿舎にあるエミネムの部屋に泊まるとか。

俺も、王城にある自分の部屋で休むことにした。

◇◇◇◇◇◇

エミネムは、サティと一緒に第一部隊の部隊長室……エミネムの執務室へ。

執務室に入ると――細い包みがテーブルに置いてあった。

「……これって」

「団長さんが言ってたヤツですか？」

包みを外すと、それは――一本の槍《やり》。

いつも使っている愛用の槍とほぼ同じ形。先端部分が、少しだけ改良してあった。

「わぁ～、綺麗《きれい》ですねぇ。槍の部分、まるで宝石みたいです」

「……グレムギルツ」

「え？」

「グレムギルツ公爵領地で採掘される鉱石です。少量しか採掘できない、希少な鉱物なのですが……この槍には、その鉱石が使われています」

グレムギルツ鉱石。

ミスリルより硬く、ダマスカス鋼に匹敵する硬さ。そして魔力を流しやすい材質として貴重な素材。それが槍の部分に使われていた。

「……お父様」

「団長さん、エミネムさんのために、新しい槍を……素敵なお父さんですね」

エミネムは何も言わず、槍をそっと抱きしめた。

◇◇◇◇◇

翌日。試合の日、俺は第一部隊訓練場に行く。

すると、サティとエミネム、団長、そして五人の騎士、ついでにフルーレが揃《そろ》っていた。

「おはようございます。ラスティス様」

「師匠、遅いです!!」

「おう。というか、時間通りだぞ……ん？　エミネム、新しい槍か？」

「ええ。今日はこれを使います」

ちらっと団長を見る……ああ、そういうことか。

団長、エミネムが可愛《かわい》いのか親バカなんだよな。というか、娘にそんな優しくできるなら、息子のケインくんにも優しくしてやればいいのに。

「……なんだ、ラスティス」

「いえ、なんでも。さて……そろそろ試合か。ひょんなことから始まったけど、これに騎士団の未来がかかっている」

「フン。騎士団のことなぞ、どうでもいいくせに」

「そんなこと思っていませんよ。それに……ランスロットにこれ以上、権力を持たせない方がいい」

「ほう、貴様がそう言うとはな」

「団長は、権力の重さを知ってるから任せて大丈夫ですけど、ランスロットはまだガキですからね」

「……ふむ」

「ちょっと昨日、思い出したことがありまして。ランスロットのことでね」

「………」

「まぁ、今は試合に集中しましょう」

こうして、闘技大会が始まる。

団長、ロシエル、フルーレ、ラストワン、アナスタシアの五人は、観戦場に設置された陛下と殿下のための特別席の近くに座った。

俺、ランスロットはそれぞれ代表選手のいる専用スペースにいる。

訓練場の周囲は、オリハルコン製の壁板で補強してあるので、強力なスキルでも傷つくことはない。

相手側の専用スペースを見ると。

「ランスロットと、その娘たちか……」

「……イフリータ、エニード、ロディーヌ、カリア、ブランゲーヌ、リン。みんな、アロンダイト騎士団では上位の強さを持つ騎士です。と……最後の一人は、初めて見ました」

「……関係ありません。誰だろうと、蹴散らします」

エミネムはすでにやる気満々……だが、その前に。

「アルムート王国聖騎士団、そしてアロンダイト騎士団。わが国には二つの騎士団がある」

陛下の話が始まった。俺たちは全員、陛下の方を向く。

「上級魔族の脅威がある今、二つの騎士団の力を合わせ――――」

陛下の話が続く。すると、エミネムがぽつりと言う。

「騎士団が二つあることに対して、陛下はどう思っていたのでしょうか……」

「さぁな。でも、ルプスレクスを討伐したランスロットの意見を無視するわけにはいかなかったんだろう。それに、戦力という意味では、無駄じゃないと思う」

「……そうですか」

「お前は、納得いかないのか？」

「いえ。多少の憧れはありましたけど、特に思うことはありません。でも……私と同世代で神スキルを持つ、イフリータ総隊長と話してみたい気持ちはありました」

イフリータ。あの赤い髪の少女か。

なかなか大きな剣を持っている。あれを振り回すのかな。

サティを見ると、陛下ではなくイフリータを見ていた。

「……イフリータ」

「サティ、大丈夫か？」

「あ、はい。ちょっと緊張してるかもしれません」

「リラックスしろ。これが終わったら、ギルハドレッドに帰ろう。あ、公衆浴場も完成してるかもな。俺、新しい風呂まだ一回しか堪能してないんだよ。もっと入りたいぜ」

「あはは。師匠らしいですね」

サティも、少しは緊張がほぐれたかな。

陛下の話が終わり（全然聞いてなかった）、参加騎士たちが剣を掲げた。

「では、第一試合!!」

団長が大きな声で叫ぶ。

エミネムが、槍を手に前に出た。

「では、行ってきます」

「ああ、エミネム……勝ったら、何でもご褒美やるからな。王都にある美味《うま》い店とか、いい雰囲気のバーとか連れて行ってやる」

「――っ」

エミネムは、ブルリと震えて戦いの場へ。

◇◇◇◇◇

ステージに上がったのは、エニードだった。

「ハッ……サティかと思ったけど、お前かよ」

「…………」

エニードの手には剣。肩でトントンしながら担ぎ、ニヤニヤしながらエミネムを見る。

「ダンジョン潜ったんだって？　ハハッ……こっちはな、親父《おやじ》と地獄の特訓だ。ダンジョンなんて生ぬるいヤリ方じゃねぇ……命を賭《か》けた戦いだ。成長するなってのが無理だ。断言するぜ、今のアタシは、神スキル持ちと同じレベルだぜ」

「………」

「お前、アルムート王国聖騎士団唯一の神スキル持ちらしいな？　ククッ……おっさんたちに囲まれてどうだった？　くせぇケツ舐《な》めたのか？　いいよなぁ、生ぬるい場所でイキれるってのは」

「………です」

「あ？」

ボーマンダが手を上げ、思い切り叫ぶ。

「それでは、試合開始!!」

エニードは剣を肩で担ぎ、スキルを発動させようとした。

「……ラスティス様が、何でもごほうび……って。それって、ででで、デート……っ!!　か、勝ったら、デートしてくれる……っ」

ぶつぶつと、エミネムが何かを言っていた。

とりあえず——瞬殺し、サティを引きずり出す。

エニードがそう、決めた時だった。

「邪魔です」

ゾッとした。エミネムがエニードを見て、ニヤリと笑ったのだ。

背筋が凍り付く——そう思った瞬間、エニードは『竜巻』に巻き込まれ、吹き飛ばされ、観客席に激突した。

エニードは、その衝撃で、意識を刈り取られた。

「すごく、やる気が出てきました。さぁ——次はどなたですか？」

エミネムの周囲には、小さな竜巻がいくつも渦巻いていた。

そして、冷たい目をアロンダイト騎士団スペースに向けた。

イフリータは、ロディーヌに言う。

「ロディーヌ。あいつの神スキルは『神風』だ。エニードが吹き飛ばされたのを見たか？」

「そりゃ、目の前だし……」

「……技は見えたか？」

「竜巻。気づいたら発生してて、エニードが観客席に吹っ飛ばされた」

「……突きだ。奴《やつ》は、突きで正面に竜巻を飛ばした。その速度、私よりも遥《はる》かに上……やはり、侮れん」

「ま、勝ち抜き戦だしね。勝てないとしても、少しは削ってくるよ」

剣を手に、ロディーヌはステージに上がる。

エミネムは、冷たい目をしたままだった。

「こ、こっわ……」

「申し訳ありませんけど、遠慮しませんので」

「いいよ。あたしだって、アロンダイト騎士団の一人。普段は怠け者だけど～……やるときはやるしね」

「その心意気、よし」

試合開始。

エミネムの槍に風が付与される。

そして、ロディーヌに向けて放つ瞬間——ロディーヌが消えた。

一瞬だけ消えたような速度で走れる『急加速《ハイスピード》』のスキル。その力で、エミネムの背後に回った。

いたのは、背後。

そして、剣を振り背中を斬りつけようとするが。

「っ!?」

弾《はじ》かれた。目に見えない《何か》が、エミネムの背中を守っている。

「風は『気流』です。私は風の流れを操作できる……つまり、そのまま留《とど》めておくこともできますし、密度を上げれば鋼鉄よりも硬くすることができます」

エミネムは、後ろを振り向かず言う。

「『風盾《レルド》』……ラスティス様のおかげで、風の使い方をいろいろ学べました。ふふ、サティさんが雷を磁力に応用したように、私もいろいろ応用させる知恵をつけました」

「あらら～……」

「では――お疲れ様でした」

竜巻に吹き飛ばされ、ロディーヌも観客席まで吹き飛ばされた。

イフリータは、言う。

「……お前たちでは、勝ち目がない」

「で、ですよね……」

「……悔しいですが、勝ちの目が見えませんわ」

カリア、ブランゲーヌが青い顔で言う。

二人はもう、エミネムに呑《の》まれ恐怖していた。

決してこの二人の技量が低いわけではない。スキルも持っているし、戦闘力は王国聖騎士よりも上。

だが……エミネムは、それ以上。

自分が強いからこそ、エミネムの強さが理解できる。そして、敵《かな》わないと気付いてしまった。

すると、二人と肩をガシッと組むリン。

「わっはっは!! 勝てぬなら、諦めてみよう、騎士の道。お二方、勝ち目がないからと戦わずして諦めるのは、騎士の恥ですぞ」

「……リンさん」

「言いますわね。勝てずに挑み無駄死にするのは、恥でなく愚かなのでは？」

「うむ!! 愚かで、恥。つまり、生きる価値などない!!」

きっぱり、笑いながら言う。

これには、カリアもブランゲーヌもムッとした。

「あなたは、勝てるというの？」

「そ、そうですよ。リンさん、今の言葉は、さすがに失礼です!!」

「わっはっは。拙者は、勝てる戦いも、勝てない戦いも、胸を張って挑めば、それだけで意味があると思いますぞ。カリア殿、ブランゲーヌ殿……お二人は、誇りあるアロンダイト騎士団であろう？ だったら、皮算用などせず、誇りを胸に挑めばよろしい!!」

「「………」」

「では、先に拙者が参る。見ててくだされ、拙者の剣を!!」

リンは、『刀』を手に、ステージに上がった。

エミネムはリンの武器を見て、眼《め》を細める。

「その剣……」

「おお？　そなた、見る目がありますな。これは『刀』という、東方にある島国の剣です。拙者の故郷の武器であります」

「……ラスティス様のに、似てる」

「おお、同じ武器を扱う者が!!　ふふ、ぜひお会いして、話を聞いてみたい!!」

「……なんかイヤだからダメです」

試合開始。

「参る!!」

「『風渦巻《サイクロン》』!!」

槍を回転させると、竜巻が発生した。

観客席まで影響を与えないよう、調整された風。

エミネムの得意とする細かいスキル制御。それを見てリンは笑った。

「はっはっは……これは、勝てませんな!!　だが、一矢報いる!!」

リンは風に向かって飛び込む。

風圧で足が止まる。前から押す力に、足が耐え切れない。

リンのスキルは、相手に接近しないと使えない。射程内に入れもしない。

「終わりです。『風雅突《ゲイルダーツ》』!!」

「ぬっ!!っぐぅぅぅぅぁぁ!!」

風の槍を真正面から受け、リンは吹き飛ばされた。

「……リンさん」

「………」

リンは観客席に激突し、気を失っていた。

カリア、ブランゲーヌもその姿を見ていた。

イフリータは言う。

「あれが、誇りを賭けて戦った者の姿だ」

「「………」」

「私には、恥にも愚かにも見えないが……お前たちは、どうだ?」

ブランゲーヌは、小さく笑う。

「なかなか、魅せてくれましたわね。ふふ、もう……熱くなってきましたわ」

カリアも、震える手で剣の柄《つか》を握る。

「かっこいいです……私も、あんな風になりたいです!!」

イフリータは頷き、二人に言う。

「私は、無駄死にしろとも、諦めろとも言わん。だが……自分に、アロンダイト騎士団に、恥ずべき戦いはするな。その結果がどうあろうと、私はお前たちを誇りに思う」

「「………」」

「それに、最初から負けると決めつけるな。お前たちは強い……勝ってこい」

「「はい!!」」

結果。二人は同じように、風で吹き飛ばされた。

でも……その表情はどこか満足そうだったという。


五人が医務室に運ばれ、イフリータは残った一人……デボネアを見た。

今までのやり取りを見ていたのに、まるで興味がなさそうにしている。

「デボネア」

「何?」

「お前の番だ」

「ええ、わかった」

「……お前、何を考えている?」

「殺すこと」

サラリと言い、イフリータはデボネアを睨《にら》む。

「お前のことを調べた。デボネア……いや、『神毒』」

「…………」

「暗殺者だそうだな。暗殺に失敗し、処刑されるところをお父様に救われた。お前の毒で死なない生物はいないという」

「まあね。でも殺人毒は生成に時間が必要なの。こういう戦いで生み出せるのはせいぜい……麻痺《まひ》毒」

「…………」

ポタポタと、デボネアの人差し指から雫《しずく》が落ちる。

「そんな物で、戦えるのか？」

「馬鹿ね……毒っていうのは、相手を苦しめるだけの物じゃないわ。まぁ……見てて」

デボネアは、ステージに進む。

途中、振り返りイフリータに言った。

「ああ、お父様だっけ？　救われたことに感謝はしてるけど、別に父親だなんて思ってないわ」

「――!!」

それだけ言い、デボネアはステージに上がった。


ステージに上がったデボネアは、エミネムを舐め回すように見た。

「いいわね、あなた……すっごくそそるわ」

「……意味がわかりません」

「ふふ、あなたに興味がある、ってこと」

「…………」

エミネムは、意味がわからず眉をひそめて槍を構える。

対するデボネアは、両手に装備した歪《いびつ》な『爪』だった。

「あなたは、騎士ではないのですか？」

「違うわ。私は――」

デボネアは、四《よ》つん這《ば》いになり、お尻を高く突き上げる。

まるで猫のような、騎士とは無縁の構え。

エミネムは槍を回転させ、正面に突き出した。

「暗殺者、よ」

試合開始。デボネアは、人差し指の爪を自分の首に刺した。

「『自己強化毒《ドーピング》』」

「行きます!!」

エミネムは飛び出し、デボネアに向けて鋭い突きを放つ――が、デボネアはひらりと躱《かわ》す。まるで蝶《ちょう》のようなしなやかな動きで、エミネムは少し驚く。

間違いなく、今までの騎士とは別。

「『爪毒《トキシン》』」

「――爪!?」

エミネムは、爪に液体のような物が付与されているのに気づいた。

そして、爪の形状で看破する。

「……毒!!」

「正解」

速い。爪を振る動きが、あまりにも素早い。

風を纏《まと》おうとしても、スキルを発動させる間がない。どんなスキルも、使用の際はある程度の集中が必要……だが、デボネアはそれを許さない。

エミネムの風は強力。なら、使わせなければいい。

それがデボネアがこれまでの試合を見て、エミネムと戦うために考えた対策。

「槍、振り回せる?」

「っ!!」

槍の間合いの内に入られ、振りづらい。

エミネムは下がるが、デボネアは執拗《しつよう》に迫ってくる。

すると、エミネムは槍を捨てた。

「あら」

「お忘れですか、私は騎士です!!」

エミネムは、腰の剣を抜き横一線。

デボネアは身体《からだ》を捻《ねじ》らせ回避。そして、そのまま回し蹴りを繰り出すが、エミネムは回避。

デボネアはバク転。回転した勢いを利用して投げナイフを飛ばす。

エミネムはナイフを剣で弾き再び接近。

風を纏い、デボネアに向けて突風を放つ。

「『風圧壁《ラフード》』!!」

見えない風の壁。

デボネアの身体が見えない壁に押されて下がっていく。

デボネアは横っ飛びで壁から抜け出すが、エミネムが待ち構えていた。

「『風槌閃《エアハンマー》』!!」

地面に向けて放つ一撃。その一撃は、デボネアを巻き込み一緒に叩《たた》き潰そうと振り下ろされた。

だが――デボネアは、ニヤリと笑った。

「『血毒《ヴェノム》』」

人差し指の爪が、飛んできた。

その爪が、エミネムの肩に刺さる。

やられた。そう思った時すぐに、エミネムの視界が赤く染まる。

「う、っがっぁは!!」

吐血。猛毒に冒され、全身の血管が浮き上がった。

「あなたの間合い、私の間合いでもあるの。あなたに剣を抜かせたのはわざと……剣を抜けば、あなたは絶対に私に接近してくる。風を纏い、確実な一撃で叩き潰そうとするはず……そこが、最大にして、最高のチャンス」

デボネアは、エミネムにゆっくり近づいた。

「私の『毒魔爪《どくまそう》』の先端、飛ばせるって気付かなかったでしょ？　わざと、爪を振るうだけで『それしか』できないように思わせたから」

「う、っぐ……」

「さ、拷問の時間」

デボネアは、右の五指を開いて指先をぺろりと舐めた。

五分、経過した。

エミネムはステージに転がり、何度も血を吐いた。

何度、爪を刺されたのか。何種類もの毒を注入され、痙攣《けいれん》したり、血を吐いたり。

デボネアは、楽しんでいた。

「降参なんてさせない。ふふ、もっともっと、楽しませて？」

エミネムは、何度も立とうとした。

デボネアは止《や》めない。戦う意志がある限り、試合は終わらないからだ。

デボネアは、陛下や殿下が見ていることなどお構いなしに、楽しんでいた。

「エミネムさん!!　もういいです、あとはあたしがやるから!!　エミネムさん!!」

サティが叫ぶ。サティは、ラスの袖を強く引いた。

「師匠!!　このままじゃ、エミネムさんが……」

「……あいつは、まだ戦う意志がある」

「でも!!」

「目が死んでいない」

「え……」

ラスは、エミネムの目を見て確信していた。

どんな毒に冒されても、目が死んでいない。何かを狙っている目だった。

「戦う意志ある限り、止めることはできない。エミネムの覚悟を、意志を侮辱する行為だ」

「そんな、覚悟や意志なんて、命に比べたら」

そこまで言い、サティの口が止まった。

ラスが、サティを睨んだのだ。

「サティ」

「……っ」

「覚えておけ。覚悟や意志は、時に自分の命よりも重くなる時がある」

「……うぅ」

すると――エミネムが、ゆっくり立ち上がった。

エミネムの周りは血に濡《ぬ》れていた。全身に毒が回り、立つのも、意識を保つのも難しい。

すると、デボネアがゆっくりエミネムに近づき、髪を摑《つか》んで顔を近づけた。

「いい顔してるわぁ……ふふふ、ねぇあなた、今の状態で『感度三千倍毒《デッドテンション》』を食らったらどうなる？　ブッ飛んじゃうかもねぇ……試していい？」

ポタポタと、デボネアの人差し指から毒が滴る。

すると……エミネムの口が、僅かに動いた。

「んん？　なぁに？　食らいたい毒、あるの？」

「…………ぇ」

「はぁ～？」

よく聞こえない。そう、耳を傾けた時だった。

「くらえ――ップ」

エミネムの口から、小さな『風の塊』が飛び、デボネアの右耳に入った。

耳の穴がザクザク傷付けられ、血が噴き出す。

「う、っぁぁぁぁ!? おま、このっ!!」

「う、ぁぁぁぁ!!」

最後の力。

エミネムの手に、小さな風の塊が生み出され——そのまま、デボネアの胸に叩きつけられた。

風が爆発し、エミネムとデボネアが吹き飛ぶ。

互いに壁に激突。意識を失った。

「この勝負、引き分けとする!!」

ボーマンダが叫び、試合が終わる。

こうして、エミネムとデボネアは引き分けとなった。


デボネアは、すぐに起き上がった。

だが……エミネムが動かない。

サティが抱き起こすが、ぐったりして呼吸も浅い……毒だった。

デボネアは、耳を押さえエミネムを一瞥《いちべつ》……ニヤリと笑い、イフリータの元へ戻ろうとした。

　が、肩を摑まれた。

「待った。毒、解毒してくれないか」

　ラスティスだった。

　デボネアは、ラスティスを見て馬鹿にしたように笑う。

「い・や。ふふっ」

　次の瞬間。

　デボネアは、巨大な銀狼《ぎんろう》が大口を開け、荒い息をしながらギョロついた眼で睨んでいる幻覚を見た。

　それは、殺意、悪意、憎悪を超えた『何か』だった。

　死を超えた何かが、デボネアを襲う。

　死すら生温《なまぬる》い。死んだ後に何があるのかわからない。だが、『これ』は必ず、死んだ後も『何か』あると確信した。

　ドッと冷たい汗が流れ、全身が震える。

　目の前にいるラスティスは、一言だけ呟《つぶや》いた。

「出せ」

目を合わせられない。

デボネアは目を見開き、大汗を流しながら、ポケットから小瓶を出し、爪から解毒薬を分泌……

小瓶に入れ、ラスに渡す。

「ありがとう」

殺気が消えても、デボネアは動くことができなかった。

◇◇◇◇◇◇

「……ぅ」

「エミネムさん!!」

エミネムに解毒剤を飲ませると、悪かった顔色が多少良くなり、浮き上がっていた血管も消えた。

サティが心配そうに顔をのぞき込むと、エミネムは小さくほほ笑む。

「私……どう、なったんですか?」

「引き分けです。最後、エミネムさんの一撃が、あの毒の人を吹き飛ばしたんです!!」

「引き分け……」

「大したもんだ」

俺は、エミネムを抱き起こして頭を撫《な》でる。

「お疲れさん。医務室で怪我《けが》の手当てをして、ゆっくり休め」

「あああ、あの、あのあの、はい!!」

顔を真っ赤にしたエミネム。

おいおい、熱あるのかよ!!

とりあえず担架を呼ぶ。エミネムは、熱に浮かされたように赤面しながら運ばれて行った。

すると、サティが言う。

「エミネムさんはもう大丈夫。師匠……次は、あたしの番です!!」

「ああ。見ろ、すでにステージに上がってる」

ステージに上がっていたのは、イフリータ……そして、ランスロット。

サティと一緒に、俺もステージに上がった。

ランスロットは、にこやかな笑みを浮かべてサティに言う。

「お久しぶりです。サティ」

「……どうも」

「その後、どうですか？　上手《うま》くスキルを扱えるようになりましたか？」

「おかげさまで。師匠のおかげで、すっごく強くなれました!!」

「そうですか。では……戻って来なさい」

「ふぁ!?」

「は?」

戻って来なさい。

その意味を理解できないサティは、ぽかんと口を開けて首をひねる。

この言葉に驚いていたのは、イフリータも同じだった。

「お、お父様?」

「もう、誤爆して周りに被害を出すこともなくなったのでしょう? でしたら、あなたはまたヴァルファーレ公爵家に戻る資格があります。さぁ、サティ」

「あ、遠慮します」

「………………」

「あたしの家はギルハドレッド領地、師匠の家です!!」

「おい言い方。それじゃお前が俺の娘みたいだろうが」

「あ、そうですね」

サティは、笑っていた。イフリータはその笑いを見て、歯を食いしばる。

「相変わらず、ヘラヘラと……」

「イフリータ、久しぶり。元気にしてた?」

「黙れ。出来損ないが」

「相変わらず辛辣だね。仲間たちを激励したり、気遣ったりしてたのに……どうして、あたしにだけ当たりが強いの？」

「……何？」

「イフリータ、昔からだよね……あたしのこと、そんなに嫌い？」

「ああ、嫌いだ。フン……お父様、こんな問答は無駄です。サティは私が倒します。こいつが戻る場所なんて、騎士団にはありません!!」

「イフリータ、落ち着きなさい」

「……はい」

ランスロットは俺を見た。

「ラスティス。あなたの弟子のサティと、私の弟子のイフリータ。果たしてどちらが強いでしょうね」

「そりゃサティだろ」

「ふふ、迷いがありませんね。私の見たところ、サティ以外の騎士では、イフリータに勝つことはできないでしょう。つまり、この戦いが事実上、最終戦となる」

「ま、そうだな。神スキル持ちに勝てる一般騎士なんていないしな」

「では――残り五人の騎士は不戦敗ということにしても？」

「いやいや、なんでそうなる」

「構いません!!　ね、師匠!!」

「お、おい」

「最終戦として盛り上げた方が、殿下も陛下も喜ぶでしょう……ラスティス、よろしいですか？」

「……まぁ、いいぜ」

「では、私から殿下と陛下に報告を」

そう言い、ランスロットは報告——あっけなく、受理された。

巧みな話術。それも、ランスロットの武器の一つ。

いつの間にか、残った騎士は一対一ということで、最後の戦いが始まろうとしていた。

俺はサティの肩を叩く。

「肩の力抜いて戦え。お前なら勝てるさ」

「はい!!」

そう言って、俺はステージを降りる。

ステージの上では、サティとイフリータが正面から睨み合う。

「フン、少しは強くなったのか？　まぁ、私には決して勝てないという事実を、その身に叩きこんでやろう」

「できるならね。あたしだって、昔のままじゃないし。イフリータ、そうやって高圧的に人を脅すクセ、直した方がいいよ？」

「……言うようになったな、無能が」

「無能じゃない。人は変われるんだから!!」

距離を取り、互いに剣を抜く。

サティは双剣。イフリータは大剣だ。

「それでは――始め!!」

闘技大会、最後の試合が始まった。

第十一章　雷と炎　サティとイフリータ

観客席では、ボーマンダの隣にフルーレが座り、その隣にアナスタシア、ラストワン、ロシエルが座っていた。

七大剣聖たちの座る上段にはディスガイアとアーサーが座り、試合を楽しそうに観戦している。

フルーレは、小声で言った。

「残り五人の騎士を不戦敗にする……何を考えているのかしら」

その言葉に、アナスタシアが反応する。

「確かに、イフリータが勝っても残り五人の騎士が控えているわ。団長、あなたが鍛えたといっても、神スキル持ちを相手にするのはかなり厳しい……実質、この戦いが最終戦なのは間違いない。でも、盛り上がるという理由だけで、五人の騎士を不戦敗にするなんて」

五人の騎士は、不戦敗を言い渡された時に困惑していた。

この日のために、戦う努力をしてきたのだろう。それが無になったのだ。

フルーレは言う。

「陛下、それと、もしかしたら殿下も……ランスロットの傀儡《かいらい》化している可能性を考えた方がいいかもね」

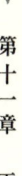

「……それについては、問題ない」

「え？」

「……まあ、見ていろ」

どこか重い雰囲気で、ボーマンダは試合を見ていた。

何を考えているのか。その答えを持つのは――。

「ラスティス・ギルハドレッド……」

もしかしたら、あの男なのかもしれない。

◇◇◇◇◇◇

戦いが始まった。

「『紅蓮剣《ぐれんけん》』」

「『雷帯剣《タケミカヅチ》』!!」

炎、雷が剣に付与される。

そして、サティとイフリータは互いに見つめ合い飛び出した。

イフリータの一刀両断を、サティは双剣を交差させ受ける――が。

「ッ!?」

「はぁぁぁぁぁ!!」

受けた瞬間、両腕が軋《きし》む。

イフリータの腕力は、女性ではありえないほど強かった。

サティの膝が折れそうになり、サティは目を見開く。

「――ふっ!!」

「む!!」

サティは、一瞬だけ力を抜き、大剣に勢いが戻った瞬間、双剣を開放し身体《からだ》を脱出させた。

そして、イフリータの打ち下ろしがステージに激突する瞬間、横蹴りでイフリータの脇腹を蹴る。

だが、鎧《よろい》に守られた脇腹にダメージはない。蹴りはあくまで、サティがイフリータと距離を取るための一撃だった。

剣がステージに激突。冗談抜きで地面が揺れた。

「相変わらずの、馬鹿力……!!」

「フン、真正面から受けるとは、相変わらず考えなしの馬鹿だな」

「あたしだって鍛えてるしね。今のあたしが、どれくらい受けられるか試したかったの」

「なら――もう一度、受けてみろ!! 『烈火《れつか》闘衣《とうい》』!!」

イフリータの全身が燃え、炎の鎧となる。

サティは双剣を構え、剣の切っ先に小さな『紫電の玉』を作り出した。

「行くぞ!!」

イフリータが、炎を帯びたまま向かってくる。

距離は離れているが、サティは熱気で身体がジリジリ焼けるような感覚がした。

「燃えろ!!」

炎剣による連続攻撃。

サティは躱《かわ》す。身体を捻《ねじ》り、しゃがみ、捻り、飛び、下がり……冷静に、イフリータの目を見る。

イフリータは、舌打ちした。

「ちょこまかと!!」

「速いけど、師匠ほどじゃない!!」

「黙れぇ!!」

躱すたびに、剣の軌道が荒くなる。

そして、イフリータの横薙《よこな》ぎ——太刀筋が甘く、サティは最低限の動きで回避し、右の剣の先端にくっついたままの『紫電の玉』を、イフリータの大剣にチョンと触れさせた。

「『磁付加《アサイン》』」

「ッ!?」

パチッ、と剣が紫電に包まれた。

だが、雷が落ちるわけでもなく、特に変化がない。

イフリータは舌打ちし、呼吸を整え冷静に剣を構える。

「ふぅ――……ふっ、ふっ、ふっ」

「興奮しすぎ。太刀筋、どんどん甘くなってるよ。師匠が言っていた……力を入れれば入れるほど、動きは硬くなる。だから、気楽に行けって」

「馬鹿か。気楽にだと？　そんな心構えで剣が振れるのか」

「振れる。少なくともあたしは、師匠の教えを受けてここにいる。イフリータ、あたし余裕そうに見える？　そう見えるんだったら――師匠の教え、身に付いてるってことだから」

「――生意気な奴《やつ》め」

イフリータは剣を横に構え、サティに突っ込んで来た。

サティも双剣を構え突っ込んでいく。

イフリータは見た。サティの左の剣が、バチバチと紫電を帯びている。ただ暴走し放つだけだった昔とは違い、細かな制御も出来ていた。

だが、それがどうした。

圧倒的な炎を前に、雷など無意味。イフリータは背中に炎を集中させる。

「『炎噴射《ブースト》』!!」

炎の噴射による加速。このまま剣の腹でサティを殴り、吹き飛ばしてやろうと思った時だった。

「吹っ飛――……っ、な!?」

剣を振ろうとした瞬間、剣が意思を持ったように跳ねた。

まるで生物のように、イフリータの手から逃れようとしたのである。

同時に気付く。剣が、紫電を帯びていた。

そして、サティが右の剣をあらぬ方向に振った。

イフリータはようやく気付いた。


「磁力――」

「『雷滅砲《ジガ・トール》』!!」

サティが左の剣を振ると、紫電の雷が光線のように放たれた。

避《よ》けられない。イフリータが剣を全力で熱すると、剣が真っ赤になった。

千度近い熱を帯びた剣の磁力が解除。だが、技を出す暇がない。

イフリータは盾でサティの紫電を受けて吹き飛ばされ、ステージ上を転がった。

「ぬ、っがぁ……ッ!!」

「はぁぁぁぁぁ!!」

追撃。サティは止まらない。チャンスとばかりに迫って来る。

そして――ついに、イフリータがキレた。

「舐《な》めるなよこの出来損ないがァァァ!!」

紅蓮《ぐれん》が、ステージを包み込む。

オリハルコン鉱石の壁は燃えることはなかったが、ステージが真っ赤になった。

サティが履いているのは鉄の具足。それが、高熱を帯びた。

「う、っぁ!?」

そう、サティが鉄を磁力で操れるように、イフリータは鉄に熱を与えることができる。

「昔から、そうだった!!」

イフリータは叫ぶ。

「誰よりも早くスキルに覚醒し、それが『神スキル』だった!! お前のような出来損ないに『神』の力が宿るなんて、許せなかった!!」

「……え?」

サティは、足の裏を火傷《やけど》していた。

だが、イフリータの叫びを無視できなかった。

「私だけでいい!! お父様に愛される『神スキル』の使い手は、私だけでいいのに!! お前なんか……お前なんか!!」

「……イフリータ」

炎が燃え上がり、上空で球体化する。

それはまるで——太陽のようだった。

◇◇◇◇◇◇

嫉妬。

イフリータは、妬ましかったのだ。

サティとイフリータは、同じ時期にランスロットの養子となった。

イフリータは、ランスロットに愛されたかった。

だから、勉強も、剣術も、誰よりも頑張った。

だが、スキルに覚醒し、それが『神スキル』だったのは、勉強も剣技も最低辺の、サティだった。

ランスロットは、サティを愛した。それこそ、イフリータよりも。

嫉妬で狂いそうだった。

そして……イフリータも、『神スキル』に目覚めた。

サティはやはり出来損ない。イフリータは優等生。スキルの使い方を覚え、ランスロットのために磨いた。

でも……サティが最初にランスロットに愛されたという事実は、変わらない。

イフリータは、それがどうしても許せなかった。

サティを追放し、平穏が訪れたが……今になって、スキルの使い方を覚えたサティが、戻って来た。

そして、ランスロットは言った。

『戻って来なさい』

その言葉は、イフリータを抉《えぐ》った。

もう、自分だけでいいのに。

自分の『下』にいる仲間はいい。だが……同じ『神スキル』を持つサティは別。

こちらに来たら、横に並んでしまう。同じように、愛されてしまう。

イフリータは、それがたまらなく嫌だった。

◇◇◇◇◇

「イフリータ……あたし、イフリータのこと、尊敬してるよ」

「……!?」

「カッコいいし、美人だし、スキルの扱いは誰より上手だし、剣の腕前もすごいし、騎士団のみんな憧れてるし……ようやくわかったの。イフリータ、同じ『神スキル』を持つあたしが、自分と同じ立場になるかもしれないのが、嫌だったんだね」

「…………」

「ちょっと安心。完璧美人のイフリータも、嫉妬しちゃう女の子だったんだ」

サティは双剣を交差させ、雷を注ぎ込む。

「決着、付けよう。イフリータ」

「望むところ……!!」

イフリータが大剣を掲げ、サティも構えを取る。

そして、イフリータが叫んだ。

「『落日太陽《ラー・ヘリオス》』!!」

太陽の落下。

観客席にいたフルーレが指をパチンと鳴らすと、観客席全体に薄い氷の壁が出現した。

炎の球体が落ちてくる。

サティは、ありったけの雷を剣に込め——笑った。

「今のあたし、最高の雷!!」

紫電が、黄金に輝く。

イフリータに応えたいという気持ちが、雷の色を変えた。

「『雷霆波動閃刃《ジガ・トール・フルクラム》』!!」

双剣を交差させて振ると、黄金の光線が発射された。

衝突する黄金、紅蓮。

閃光《せんこう》が周囲を包み、音が消えた。

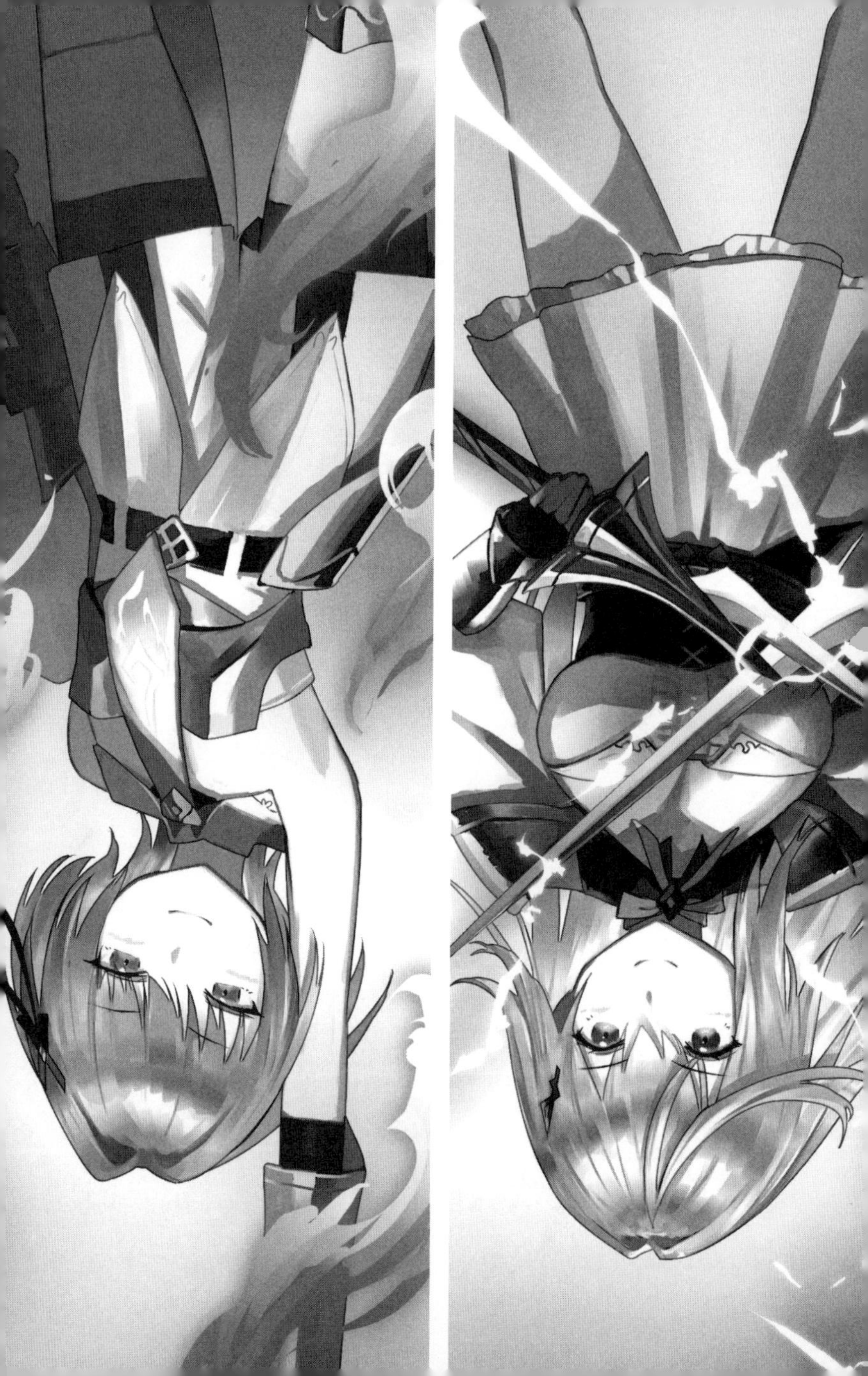

フルーレの張った氷の壁に亀裂が入り、フルーレが舌打ちし……力を注ぎ強化し、辛うじて防御できた。

それくらい、凄《すさ》まじい一撃だった。

ディスガイア王、アーサーは椅子から立ち上がり、目を見開いてステージを見る。

ステージの上に立っていたのは。

「……よーくやった」

「お疲れ様です、イフリータ」

気を失ったサティ、同じくイフリータ。

その二人を支えるラス、ランスロットの二人だった。

サティとイフリータは、ボロボロだった。

氷の壁が砕けるとランスロットが叫ぶ。

「この勝負、引き分けとします!!」

静まり返った会場内で、その声はよく響いた。

◇◇◇◇◇◇

二人は、医務室に運ばれた。

ステージの上には、七大剣聖全員、そしてディスガイア王、アーサー。

ランスロットは、にこやかに言う。

「素晴らしい戦いでした。力の限りを尽くした死闘……騎士たちも、あの戦いを見て心震えた者が多いでしょう」

「うむ、うむ。実に素晴らしかった。ランスロットよ、二人は大丈夫なのか？」

「ええ。優秀な治癒スキルを持つ者が治療します。傷跡も残らないでしょう」

「それは安心だ」

ディスガイア王は微笑《ほほえ》み頷《うなず》く。

この王は、平民だろうと孤児だろうと、誰でも平等に愛し、笑顔を振りまく。

甘いともいえるし、愚かという者もいる。

アーサーは言う。

「試合は、引き分けということでいいのかな？」

「ええ。素晴らしい結果でした。そこで――陛下、提案がございます」

「ふむ、なんだ？」

不思議なことに、七大剣聖は誰も口を挟まない。

ランスロットの厄介なのは、『コレ』だった。

ランスロットが喋《しゃべ》ると、不思議と誰も口を挟めない。挟んではいけない雰囲気になる。

「サティ、イフリータ、そして団長の娘エミネム令嬢。彼女たちは素晴らしい『神スキル』の使い手です。どうでしょう？　彼女たちをアロンダイト騎士団に入れ、『三隊長』として騎士団を再編制。ふふ、あの三人の強さなら、アロンダイト騎士団も、アルムート王国聖騎士団も、みな認めるでしょう」

「おお!!　つまり、アルムート王国聖騎士団をアロンダイト騎士団に組みこむということか」

「そうです。そうなれば、この国の守りは万全。上級魔族だろうと、七大魔将だろうと、手出しはできません」

「それは素晴らしいな!!」

ディスガイア王は、笑っていた。

何も考えていないのかもしれない。ただ、今の提案が素晴らしいと感じ、笑っているだけだ。

ランスロットが頷き、ようやくボーマンダを見た。

「団長、よろしいですか？」

よろしいですか？　何がよろしいのか、ボーマンダには理解できない。

つまり、王国聖騎士団をランスロットの配下に入れろ。そういうことだ。

ボーマンダの眉がピクピク動く。だが……ディスガイア王がその気になっているので、何も言えない。

他の七大剣聖たちも、何も言えない。

「あー……陛下、殿下、よろしいですか」

ランスロットの醸し出す雰囲気を打ち破る、どこか退屈そうな声。

ラスティス・ギルハドレッドだった。

「あのー……そもそも、前提が間違ってます」

「……何？」

ラスは、頭をボリボリ掻《か》きながら言う。

「引き分け」

「……？」

「アルムート王国聖騎士団と、アロンダイト騎士団の戦いが引き分け。それが間違ってます」

「なに？　しかし、サティ嬢とイフリータ総隊長は、互いに気を失い、今は医務室だ」

「ええ。確かに二人は医務室です。でも、まだ残ってるじゃないですか」

「……？」

フルーレがハッとなり、ラストワン、アナスタシアが目を見開く。

ラスの意図に気付いたようだ。

「アルムート王国聖騎士団には俺、アロンダイト騎士団にはランスロットが残ってます。最後は、俺とランスロットが戦い、ケリを付ける。闘技大会のシメに相応《ふさわ》しい試合ですよ」

この場にいる全員が、考えてもいないことだった。

ラスは続ける。

「以前、言いましたよね。上級魔族に備えるために、七大剣聖も強くなる必要があるって。今は絶好のチャンスですよ。会場にいる騎士たちはサティとイフリータの試合を見て昂《たかぶ》ってる。そこに、七大剣聖である俺とランスロットで戦えば、もう興奮しまくり、明日の訓練ではみんな血反吐《ちへど》吐くくらい頑張ると思いますよ」

「…………」

ディスガイア王は、ポカンとしていた。

ラスはボーマンダに言う。

「団長、いいっすよね」

「……ふっ、くくくっ、はっはっは!!　いいだろう、七大剣聖の団長として許可する!!」

「だってよ。なぁ、ランスロット」

「……貴様」

ランスロットは、ラスを睨《にら》んでいた。

すると、我慢できなくなったのか。

「く、はっはっはっ!!　あ〜……やっべぇな、おいラス、お前この青写真をいつから描いてた!?」

「さーな」

「全く……本当の馬鹿って、あなたのこと？」

「…………」

ラストワンが馬鹿笑いし、アナスタシアが呆《あき》れ、ロシエルは無言。

そして、フルーレがラスの背中を叩《たた》いた。

「やるじゃない」

「どーも」

ラスは苦笑し——ランスロットを見た。

「さ、やろうぜランスロット。引き分けなんてつまらない終わらせ方はしない。俺とお前で、アルムート王国聖騎士団と、アロンダイト騎士団の闘技大会をシメようじゃねぇか」

ラスは、ランスロットに向けて不敵に微笑むのだった。

閑話　とある少年の物語①

その子は、あまり感情を表に出さない子供だった。

アルムート王国から遠く離れた『この世で最も治安の悪い国』であるギャングリア帝国。そのスラムで産声を上げた子供がいた。

母親は娼婦《しょうふ》。父親は客の誰か。

母親は、特に子供を愛《いと》しいとは思わなかった。なので、三歳まで育てて金に困ると、子供をあっさりと売り飛ばしてしまった。

子供は、男の子だった。

三歳だが容姿に優れており、『特殊な客』をもてなすのにピッタリだと、男娼《だんしょう》として育てられることが決まった。

だが――何かを察したのか、子供は逃げ出した。

三歳の少年が生きるのに、ギャングリア帝国は厳しすぎた。

少年は、この世界で最も大きく栄えている、アルムート王国へ向かうことにした。

王都行きの馬車の荷物入れに隠れて王都まで、道中、揺れで何度も吐きそうになったが堪《こら》えた。

少年は、三歳とは思えないほど聡明《そうめい》……神童だった。

生きるためには、金がいる。生きるためには、力がいる。

そして、アルムート王国にそびえ立つ巨大な王城を見上げ、生きるためには権力がいると、四歳ながらに理解した。

それから、少年はアルムート王国のスラムで生活を始めた。

スラム……アルムート王国にも当然ある。だが、ギャングリア帝国でのスラムを見た少年にとって、アルムート王国のスラムはヌルく感じられた。

パンを盗んでも、集団で追いかけてこない。捕まり、滅多打ちにされ、死体を晒《さら》されたりもしない。少年はいつの間にか、同世代のスラム仲間の間でリーダーのような扱いを受けていた。この時、少年は四歳になったばかりだった。


少年がスラムで生活を始めた頃——ふと、不思議な力が使えることに気付いた。

仲間の一人が羨ましそうに言う。

「それ、スキルだよ!!　聞いたことある。人間は、スキルっていう力を持って生まれてくることがあるんだってさ!!」

スキル。もしかしたらそれは、少年が求めていたものの一つ——『力』なのかもしれない。

少年は、自分の力を研究し始めた。

何ができるのか、何ができないのか。

そんなある日。たまたま少年はスラムの外に出て、アルムート王国郊外にいた。

力の研究をするために、平原でいろいろ試してみようと考えていた。

すると、鎧《よろい》を着け、馬に乗り、剣を持った騎士たちが通っていくのが見えた。

ポカンと見ていると、最後部にいた一人の騎士が、少年に近づいてくる。

少年は、何となく顔を見られるのが嫌で、フードを被《かぶ》った。

「少年。ここは魔獣も出る。一人じゃ危ないぞ」

「……あの、あのひとたちは？」

「ん？　ああ、貴族の護衛騎士さ」

「きし……つよいの？　おかねもち？」

「ははは。そうだね。騎士は強い、貴族はお金持ちだ。さ、街まで送ろう」

騎士、そして貴族。少年が目指すもの、『権力』と『金』が見えた気がした。


少年は五歳になった。

この時、少年は自覚する……自分の顔が、同世代の少年と比べて整っていることに。

男娼。かつて、売られそうになった理由がようやく理解できた。

美貌。少年が目指す場所には必要のない『道具』だが、利用できるものではある。

そして、ここで一つの奇跡が起きた。

少年は、食料を盗むために城下町の表通りへ。

そこで見た。

たくさんの騎士。そして、貴族の女性。そして――恐ろしいほど、自分に似た少年。

少年は、近くの窓ガラスを見て自分の顔、そして相手の少年を見た。

どうなっているのか。

相手の少年は――母親に、精一杯の甘えを見せていた。胸に顔を埋《うず》め、頭を撫《な》でられ、クッキーやパンをたくさん食べ、これ以上ないくらい幸せそうだ。

少年は、相手の少年を見て――胸の奥から憎悪がせり上がって来た。

あれは、なんだ。なぜ、あんな顔ができる。

何もないくせに。生きることしかできないくせに。

そして――ふと、思う。

「……『権力』」

あの位置を、奪うことができたら？

欲しいものが、一気に手に入るかもしれない。

位置を奪うために、やることは一つだった。

まず、少年はたっぷり一年かけて、自分にそっくりな少年の情報を手に入れた。

そして、少年が月に一度、母親と買い物をすること。

帰りに必ず、城下町の高級菓子店に寄り、父親へのお土産を買うことを知った。

少年は、出来る限り身綺麗《みぎれい》にした。そして、一年かけて準備した『貴族の礼服』を着て、高級菓子店にこっそりと侵入。

そのまま待ち、相手の少年が店に入るのを待った。

「母上!! 今日のお土産は何にしましょうか!!」

「そうねえ……お父様は、シナモンが好きだから、シナモンロールなんてどうかしら」

「いいですね!! あ……すみません、お手洗いに行っていいですか?」

「ええ。一人で行ける?」

「はい!! もう、子供じゃありませんから!!」

高級菓子店のお手伝いへ。

用を足し、手を洗う少年の背後に立つ。そして、相手の少年が振り返った時。

「え……?」

「やあ」

同じ顔。唖然《あぜん》としている少年に対し、少年は……人差し指で、少年の額に触れた。

「っっ」

少年はビクンと痙攣《けいれん》。目を見開いたまま事切れた。

少年は事切れた少年をトイレの個室へ。服を脱がして着替え——死体は『スキル』で処理をした。

そして、何事もなかったように母の元へ。

「遅かったわね。ふふ、一人で大丈夫だった？」

「はい!! 言ったじゃないですか……子供じゃない、って」

少年はニコリと微笑《ほほえ》んだ。母親も、まるで気付いていない。

自分がお腹《なか》を痛めて産んだ子供が、目の前にいる少年に殺されたなどと。

母親は、少年の頭を撫でた。

「さ、買い物をして帰りましょうか——ランスロット」

この日、少年はいくつも手に入れた。

ヴァルファーレ公爵家の長男、次期公爵、莫大《ばくだい》な財産。

そして、ランスロット・ヴァルファーレという名前を。

第十二章　脇役剣聖と天才剣聖

俺とランスロットはステージに上がった。

俺の手には『冥狼斬月《めいろう》』が、ランスロットの手には愛剣……名前は確か、『天聖剣アロンダイト・シン・オートクレール』とかいう、クソ長い名前だった。

両刃の片手剣だが、柄《つか》も、鞘《さや》も、刀身も豪華な装飾が施されている。刀身の色は淡く輝く黄金で、オリハルコン超越石とかいうオリハルコンの数十倍の硬度を持つ鉱石から造られた……あー、別にランスロットの剣なんてどうでもいいか。

ランスロットは、冷たい眼差《まなざ》しをしている。

「あなたの筋書き通り、ですか」

「ま、そうだな。お前と戦うのは、俺のシナリオ通りだ」

「……狙いは、聖騎士団を解散させないため、ですね」

「それもある」

「……他に理由が？」

「ああ。ま、調子に乗ってるお前を叩《たた》き潰すってとこだ。ランスロット……お前が増長してるのに止めなかった俺にも責任がある。だから、ここでお前を止める」

「く、ハハハハハハッ!!　止める？　まるで私が悪事を働いているような言い方だ」

「………」

「ああー……そういうこと、ですか」

ランスロットはクックと笑い、髪をかき上げる。

そんな仕草も様になっている。何故《なぜ》か、観客席にいる女性騎士や兵士が「キャーッ!!」と黄色い声援を送った。

「その剣の素《もと》になった『冥狼ルプスレクス』の討伐……それを、横取りした件ですか」

「………」

「フフフ。十四年前の件……もし私が乱入しなければ、あなたが『七大魔将』を討伐した英雄となり、爵位を得たでしょうね」

「あいにく、俺は田舎暮らしが合ってる。俺が言いたいのは、なんであの時、後方待機だったお前が最前線に、しかも俺とルプスレクスの戦いの場にいたか、それを聞きたい」

「そんなの、決まっていますよ。討伐の功績を奪うためです」

俺とランスロットの会話は聞かれていない。

ここで、団長が手を上げた。

俺、ランスロットは構えを取る。

観客席が静まり返る。観客たちも緊張しているのか、震える者、汗だくな者が多くいた。

いい刺激になる……そう言ったけど、これは刺激が強すぎるかもな。

「試合、開始!!」

団長の合図と共に、俺とランスロットの試合が始まった。

抜刀したランスロットは、特に小細工もなく真正面から向かってくる。

俺は『開眼』。ランスロットの動きを見ながら剣で受ける。

こいつとは、まだ話すことがある。

サティ、イフリータの剣戟《けんげき》がノロく見えるくらいの、俺とランスロットの剣戟が始まる。

「弱冠十二歳で七大剣聖、大したもんだと思ってた。でも……お前の目を見て思ってた。お前の目は、人を殺すのに何のためらいもない、冷酷な暗殺者のソレだってな」

「それが何か?」

剣と剣がぶつかり合う。

今のところ、ランスロットはスキルを使用していない。

「お前が執着しているのは、『権力』だ。そして『力』」

ランスロットの動きは、イフリータの数倍以上の速さ。

剣の鋭さも並じゃない。ただの身体能力だけで、ランスロットは鉄の塊を容易《たやす》く両断できる。

天才剣士。アルムート王国では団長以上に強いかも、なんて噂《うわさ》されている。

「ランスロット……俺さ、一つ思い出したことがあるんだ」

「はて、何でしょうか」

「ヴァルファーレ公爵家」

「我が家が何か？」

俺は刀を納める。ランスロットの斬撃を鞘で受け止める。

ランスロットとわざと顔を近づけ、小声で言った。

「俺の『神眼』は、いろんなものが見える。魔力の流れ、力の流れ……あと、『生気』って言えばいいのかな。たぶん、魔力とかとは別の、生命力みたいなものだと思う。俺には、それが見える」

「……？」

「生気は人によって色が違う。指紋、声と同じで、同じものを持つ人間は存在しない」

「…………」

「俺は昔、ヴァルファーレ公爵家に行ったことがある。その時……お前に会ってるんだよ」

気のせいだと、思ってた。

俺も十六歳だったし、スキルを完璧に使いこなしていたわけじゃない。

それに、ルプスレクスの件もあり、忘れていたことだ。

「俺が若い頃に出会ったランスロットの生気は淡いオレンジ色だった。でも……今のお前は、氷みたいに真っ青なんだよ。生気の色を変えることなんて、何をしようが絶対に不可能だと断言できる。生気は命の色だからな」

「………」

もう、目を逸《そ》らせない。俺は、ランスロットをまっすぐ見て言った。

「お前、本当にランスロットなのか?」

次の瞬間、ランスロットの『神スキル』が発動した。

俺は抜刀する。

「『閃牙《せんが》』」

バギン!! と、見えない何かを俺は両断した。

ランスロットの顔が、長い髪に隠れてよく見えない。

だが――恐るべき冷たい声が、聞こえてきた。

「ラスティス・ギルハドレッド。あなたは――ここで、殺さねばなりません」

「図星かい」

俺は刀を肩で担ぐ。ああ、やっぱそうか……こいつ、ランスロットじゃない。

ランスロットに成り代わっている何者かだ。

「このことは、俺しか知らない。理由はわからんけど……証拠も何もないからな」

「…………」

「別に、それはどうでもいいんだ。ランスロット……お前、何がしたいんだ？」

ランスロットは剣を構え、真横に振った。

「『聖空剣《エアレイザー》』」

「!!——『飛燕《ひえん》』!!」

俺も剣を薙《な》ぐ。すると、俺とランスロットの間で何かが爆《は》ぜ、空間が軋《きし》んだ。

「ランスロット、お前……」

「『聖光剣《アークレイザー》』」

「『大開眼』!!」

ランスロットが剣を掲げると、見えない斬撃が上空から降りそそぐ。

俺の眼《め》は見ることができる。ランスロットの『見えない斬撃』を。

俺が横っ飛びして躱《かわ》すと、ステージにいくつもの斬撃が刻まれた。

「久しぶりに見たぜ、お前の『神剣』」

ランスロットの神スキル、『神剣』。

この能力は、あらゆるモノを斬る。

空気も、オリハルコンも、水も、火も、風も。その気になれば俺の『飛燕《ひえん》』みたいに空間も斬れるだろうな。

　そして、その斬撃を見ることができるのは、俺の『神眼』だけ。

「――あなたは、盗みをしたことが、ありますか？」

「……あ？」

「パンのひとかけらを求めて殺しをしたことは？　泥水を啜《すす》ったことは？　自分を慕う者が疫病に冒され何もできず看取《みと》ったことは？」

「………………」

「あなたは、地獄を知らない――『神地剣《グランレイザー》』」

　ランスロットがステージを斬り付けると、ステージ上を巻き込みながら斬撃が飛んでくる。

「『閃牙』」

　俺は抜刀、ステージ上とランスロットの斬撃をまとめて斬った。

「私が求めるのは、『権力』と『金』と『力』です」

　ランスロットが急接近。今までのが遊びと思えるほど高速の斬撃を振るう。

　俺も負けじと、全ての斬撃を受け流す。

　そして、ランスロットの打ち下ろしを真正面から受け、鍔迫《つばぜ》り合いとなる。

　小声で、俺にだけ聞こえるように言う。

「そうです。あなたの想像通りですよ……!!　私はね、名前もない孤児でした。たまたま偶然、私と同じ顔をしたヴァルファーレ公爵家の子息を見つけ、殺し、成り代わった……!!」

「……ッ」

ギチギチと、刀身が擦れる音がする。

「欲しかったものは手に入った。公爵家の財産、神スキルの力、そして間もなく騎士団を統一し、私がこの国で最強の『力』を手に入れる。ラスティス・ギルハドレッド……アナタ如《ごと》きに、邪魔されるのは腹立たしいんですよ」

「…………」

剣が離れ、俺とランスロットの距離が開く。

なんというか——まぁ、そういうことか。

「そっか」

「…………？」

「お前、ガキなんだな」

「……何？」

意味がわからないのか、ランスロットの眉が寄る……眉間にしわが寄っても、イケメンはイケメンか。

「欲しいからって、手に入れるために好き放題やるのはガキだって言ってんだ。騎士団はお前のオモチャじゃない。まぁ、神スキルは元々持ってたモンだからいいとして……私利私欲のために好き勝手やるんじゃねぇよ」

「……」

「ランスロット。お前はガキだ。苦労したんだろうし、辛《つら》いことも多かったんだろう。でも……お前を叱ったりする大人が近くにいなかったから、お前はこんなに歪《ゆが》んじまった。俺も人に説教できるほど偉くもないし、人生経験あるワケじゃねぇ。でも……お前が増長してるのを、見て見ぬふりをした責任はある」

「責任？　はっ……ルプスレクスの功績なぞ、力を得るための足掛かりに過ぎない。お前に責任だと？　偉そうなことを言うな」

「ルプスレクスは関係ねぇよ。お前が真横から飛び掛からなかったら、俺はきっとあいつを逃がしてた。もしあいつが逃げてたら、俺は今でも正しいことをしたのか、間違っていたのか悩んでたと思う」

「……」

「ランスロット。俺は今からお前を叱る」

俺は構えを取る。

「七大剣聖序列六位『神眼』ラスティス・ギルハドレッド。さぁ、説教の時間だぜ」

◇◇◇◇◇◇

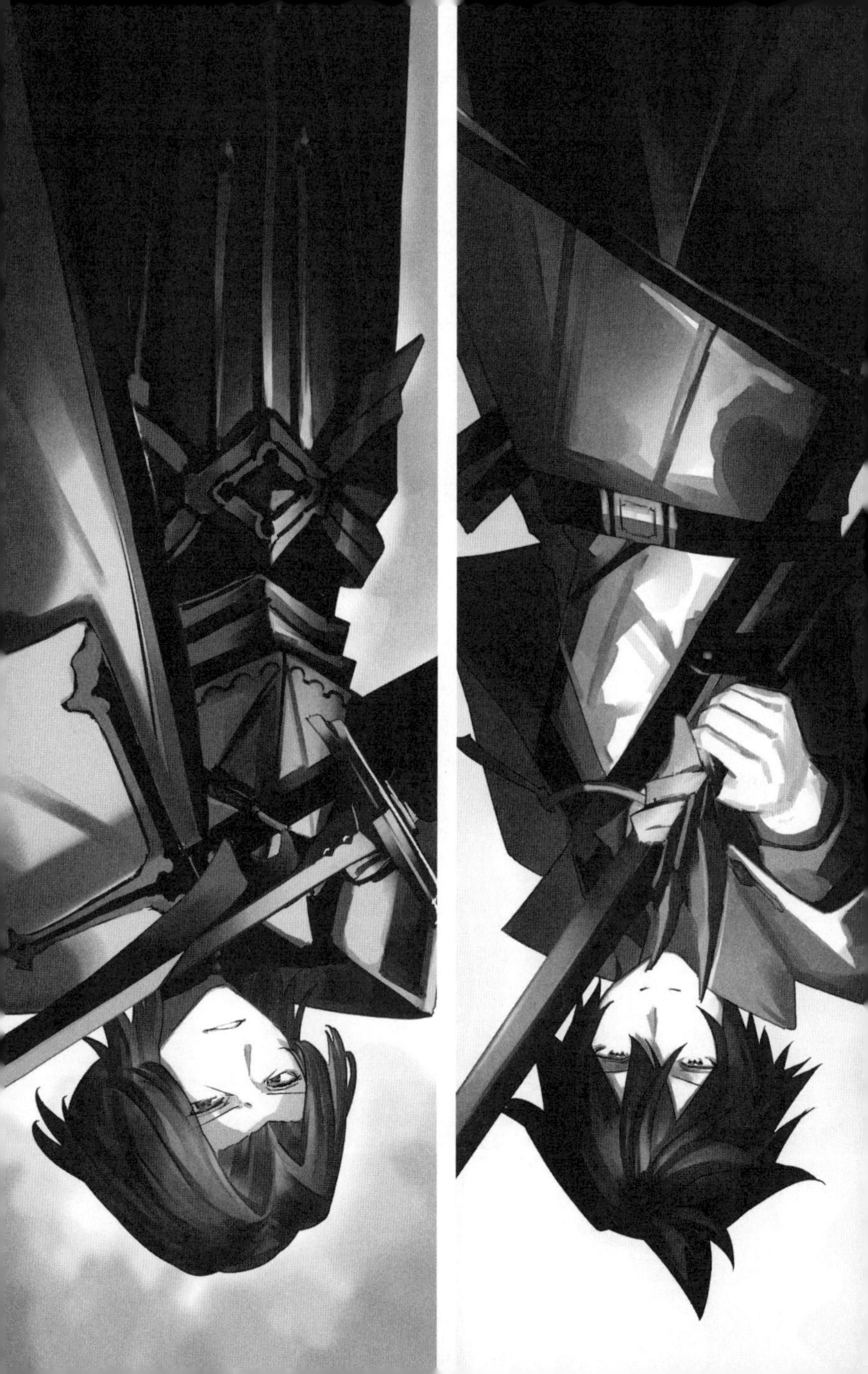

ボーマンダは、両腕を組み眉間に皺《しわ》を寄せ、試合を見ていた。

フルーレがボーマンダをチラリと見て言う。

「団長。どちらが勝つと思いますか？」

「ラスティス・ギルハドレッドだ」

即答。アナスタシア、ラストワンを見ると、二人とも頷《うなず》く。

そして、ラストワンが言う。

「オレは七大剣聖になってけっこう経《た》つけどよ……ラスが攻撃を受けたところなんざ、見たことないぜ」

「私も。何度もラスに挑んだけど、一太刀も当てられなかった」

フルーレはロシエルを見る……が、ロシエルは興味がないのか読書していた。

ロシエル。顔半分をマフラーで隠し、帽子を深く被《かぶ》っている。答えを期待しても無駄なのでボーマンダを見ると、フルーレをチラリと見て応えてくれた。

「神スキル『神眼』……お前たちは、どこまで知っている？」

フルーレだけではない。アナスタシア、ラストワン、ついでにロシエルにも向けた質問だ。

四人は答えない。何となくだけでは、答えられない。

「奴《やつ》に見切れない攻撃は存在しない。ワシの攻撃ですら、ラスティスは完全に回避する。ランスロットの攻撃は当たらんだろう」

「……今更だが、ラスの奴、マジでスゲェな」

「ラスティスは、ワシらのような派手な技こそない。奴の目は全てを見切るが、それだけ。実質的な攻撃は、あの手に持った剣だけだ。ラスティスを倒すなら、両腕を落とすか、奴の目を上回り反応できない速度で技を出すしかない。ワシが知る限り、それを実行できたのは七大魔将『冥狼ルプスレクス』だけだ」

ここまで言われ、フルーレたちは黙り込む。

こうして会話している間も、ラスティスはランスロットの攻撃を躱し続けている。

躱し、剣で受け、流し、鞘で受け、鞘で流し——ランスロットの攻撃が激しさを増すが、ラスティスは未《いま》だに躱し続けていた。

「……アナスタシア、あれ躱せるか?」

「全ては無理ね。いくつかもらう覚悟なら、止められる」

「オレも。団長は?」

「止めることは容易い。だが、腕の一本は覚悟せねばな」

「………………」

フルーレは、冷や汗を流す。

ボーマンダたちは軽く言う。だが、フルーレにはランスロットの剣がブレているようにしか見えない。自分は、七大剣聖で最弱。それどころか、遥《はる》か格下。絶望的なほどに。

だが――フルーレは、諦めない。

「私だったら、避けながら止めるわね」

「あらお嬢ちゃん、それが今のあなたにできるのかしら？」

「今は無理。でも、いずれ必ず」

「……そう。ふふっ」

アナスタシアは笑い、眼鏡を取りハンカチで拭いた。

いつか必ず追いつく。いや、追い越してみせる。

ラスティスとランスロットの戦いは、兵士や騎士だけでない、フルーレをも燃え上がらせていた。

◇◇◇◇◇◇

ランスロットの連撃は速さ、鋭さが増していく。

まだ本気じゃないとは思っていたが、ここまで速いとは。昔よりかなり強くなっている。

才能――間違いなく、ランスロットは剣の天才だ。

「『聖空剣《エアレイザー》』」

ランスロットが空間を薙ぐと、見えない斬撃が飛んでくる。

しかも、一つじゃない。いくつもの斬撃が俺の視界を埋め尽くすように放たれた。

俺は抜刀の構えを取る。

「『閃牙』」

だが、俺が抜刀すると、斬撃が全て消え去った。

「その斬撃……私と似ていますね」

「パクリじゃないぞ。というか、お前が真似《まね》したんじゃないのか？」

「さぁ、それはどうでしょう」

「まあいいか。さて――ランスロット、俺も手ぇ出すからな」

構えを取ると、ランスロットも構えを取る……が、知らない構えだ。

剣を前に突き出し、まるで槍《やり》を構えるような。

「『聖槍剣《ランスレイザー》』!!」

「!!」

体重を乗せた突き刺し攻撃。

俺は剣を抜き、向かってくるランスロットの剣の切っ先に、自分の剣の切っ先を合わせて止めた。

カチカチと、切っ先同士が押し合いをする。

「ラスティス。私は間違っていますか？　ヒトは皆、力、権力を求めるものでしょう？　スラムに行ってご覧なさい。そして、聞いてみたらどうです？　力が欲しいか、権力、金が欲しいか、ね」

「お前は間違っちゃいない。でもな、間違ってるのは手段だ。なりふり構わない、人に迷惑かけてやる方法は、欲しいモンを求める時に取っちゃいけない手段なんだよ」

切っ先が離れる。

ランスロットは剣を薙ぐ。

「『聖炎剣《ブレイズレイザー》』」

「!!」

どういう原理なのか、ランスロットの剣が燃え、斬撃を飛ばしてきた。

俺が『閃牙』で炎を消し飛ばすと、ランスロットがすぐ近くにいた。

炎を目くらましにして、急接近していたのか。

「『聖連続剣《ラッシュレイザー》』」

「『閃牙《せんが》・乱《らん》』」

ほぼ同時に繰り出される無数の斬撃を、俺は抜刀術で全て斬り伏せる。

「……本当に、あなたの眼は厄介ですね」

「避ける、見るは得意なんだよ。ま、派手な技とかないけどな」

ランスロットは俺から距離を取り、剣を上段に構える。

「ランスロット。お前は、欲しいものを手に入れた時、どう思った?」

「何……?」

「ヴァルファーレ公爵家の跡を継いで、財産を手に入れて何をした？　七大剣聖の序列二位になって何をした？　アロンダイト騎士団を作って何をした？　お前は、お前が欲しかったモンを手に入れて何を思った？」

「…………」

ランスロットの表情が、徐々に歪んでいくのがわかった。

俺の言葉を聞きたくないのか。それとも、聞いたうえで否定したいのか。

俺は――一番聞きたいことを、聞いてみた。

「ランスロット。お前は――今、幸せか？」

◇◇◇◇◇◇

幸せとは、何だろうか。

ランスロットは、ラスに『幸せか？』と聞かれ、胸に杭《くい》が刺さったような気がした。

幸せか、どうか。

そもそも――何のために、権力を、力を得ようとしたのか？

答えは一つ。自分のため。

最底辺にいた自分が、◯◯になるために必要だから。

「――」

最低辺にいた自分が、◯◯になるため。

ランスロットは、自分が何を求めていたのか、ラスの言葉に揺さぶられ思い出しかけていた。

◯◯になるため。

「――……しあわ、せ？」

自分が幸せになるため、力が必要、権力が、金が必要だった。

金は、公爵家を継いでから不自由しなくなった。

権力は、アロンダイト騎士団の団長となり、陛下と殿下も一目置くようになった。いずれはアルムート王国聖騎士団も吸収し、王国最強の騎士団長の地位に就くことになる。

力――『神スキル』は、自分にスキルがあることを知ってから、毎日欠かさず鍛錬した。

欲しいものは、手に入りつつある。

でも……自分は今、幸せなのか？　そして、再び……ラスの言葉が刺さる。

「ランスロット。お前さ、欲しいモン手に入れてきたんだろ？　でも……お前さ、全然笑ってないぞ。俺にはわかる。いつもの薄っぺらい作り笑いしかしてない。お前……幸せじゃないだろ？」

ランスロットは、自覚してしまった。

欲しいものを手に入れた後の自分が、全く想像できなかった。

揺らぐ。揺らいでしまう。

「ランスロット。お前さ……本当に欲しいものは、別にあるんじゃないか？」

聞きたくない。それ以上、言わせたくない。

ランスロットの剣を握る手に、力が入る。

「ずっと思ってた。お前さ……アロンダイト騎士団を作る時、なんでわざわざ団員を養子に迎えた？　別に、スキル持ちなら団員にスカウトするだけでいいだろ。もしかしたらお前さ……」

「――やめろ」

ランスロットの口から、小さく声が漏れた。

だが、ラスは止まらない。

「お前は、家族が欲しかったんじゃないか？　力が、権力が、金があれば、本当に欲しいものを手に入れることができる。そう、考えたんじゃ」

「黙れェェェェェェェェェェェェェェェェェェェェェェェェェェェェ!!」

絶叫した。ランスロットの顔が歪み、恐るべき力が剣に集約する。

空気が振動する。会場が揺れる。全てを拒絶するような、強烈な殺気。

ラスは――笑った。

「ようやく、お前の素を見られた。ははっ……なんか、安心したよ」

そう言い、ラスは剣の柄に触れた。

ランスロットはラスに、いや、ラスの周囲全てを塵《ちり》にしてしまう斬撃を放つ。

斬撃の数、実に九千八百。これらがほぼ同時に放たれれば、回避は不可。防御も不可。

ランスロット、最強の斬撃がラスを襲う。

「『聖天斬空無尽剣《インフィニティ・イレイザー》』!!」

ボーマンダが立ち上がる。フルーレも、アナスタシアも、ラストワンも。

この斬撃は危険だと、本能で理解する。

「逃げ――……チッ!!」

ラストワンが叫ぶが、時すでに遅し。

ラスと、その背後にいる兵士や騎士が、塵と化してしまう。

何をするにしても、手遅れ。

そして――フルーレは見た。

ラスティスの背後。そこに、サティとエミネムがいた。

医務室から、ラスを応援するために出てきたのだ。

「師匠!!」

「ラスティス様!!」

ラスティスは――ニカッと笑った。

「『神開眼』」

ラスティスの瞳が、青く輝いた。

輝く、いや……まるで、地獄の炎とされる青炎のような色。

「冥狼斬月、一之《いちの》秘剣――『色即是空』」

斬撃が消滅し、ランスロットがボロボロの状態で吹き飛び、気が付けばラスティスが今まさに刀を納めようとしていた。

「え?」

フルーレがポツリと呟《つぶや》いた瞬間、ランスロットがステージに叩き付けられ、ランスロットの剣がクルクル回転しながら落下、激しい音を立てて転がった。

そして、ラスティスはポツリと言った。

「悪ガキめ。反省しろよ」

こうして、何が何だかわからないまま、ランスロットは敗北した。

閑話　とある少年の物語②

ランスロットは、ヴァルファーレ公爵家でメキメキと力を付けた。

ヴァルファーレ公爵家は、宝の山だった。

まず、知識を深めるために本を読んだ。母親から「読書は好きじゃなかったのにね」と言われて少しだけ冷や汗をかいたが、特に不思議に思われなかった。

そして、力を付けるために、ヴァルファーレ公爵家専属の騎士に、剣術を習った。

これが大当たり。ランスロットは、百年に一人の天才だった。

ヴァルファーレ公爵家に来て数か月。この時、ランスロットの剣術は、ヴァルファーレ公爵家の騎士を上回っていた。

相手を探すのも一苦労……そしてこの時、『神スキル』を持っていることを両親に報告。本当は幼少期から鍛えていたのだが、つい最近目覚めたように振舞うのは、ある意味面倒だった。

神スキル。この力を持ち、さらに公爵家専属騎士を打ち倒す少年。

アルムート王国聖騎士団がランスロットのことを知るのに、時間はかからなかった。

そんな時だった。

「こんにちは。えーと……覚えてるかな？　俺、キミと会ったこと……わかんないか」

少年だった。頬を掻《か》き、何となく居心地悪そうに公爵家の庭にいた。

父、母に挨拶すると、ランスロットに言う。

「すっごい腕前の剣士だって聞いて、アルムート王国聖騎士団にスカウトに来たんだ。ああ、年齢は気にしなくていい。俺も騎士団に入ったの、十歳の頃だったからな」

少年は、どこか疲れたようにニコニコしていた。

騎士団。それは、ランスロットにとって『力』への近道だ。

「行きます。騎士団に行きたいです」

「お、いい返事だ。じゃあ待ってるからな」

少年が拳を出すと、ランスロットも拳を出して合わせた。

こうして、ランスロットは騎士団に入ることになった。

「……うーん？　気のせい、かな」

帰り際、ランスロットを見た少年が、首を傾《かし》げながら帰ったのが、少しだけ気になった。


ランスロットは、騎士団に入団。

騎士団の洗礼である『模擬試験』では、当時の第三部隊の隊長を試合開始十秒で叩《たた》きのめし、一躍有名となった。

そして騎士団で力を付けた六年後、十二歳。

ランスロットは、当時の七大剣聖の一人に向かって、剣を突きつけた。

「お相手、お願いします」

調子に乗っている。

七大剣聖の一人は笑っていた。軽く捻《ひね》り、お仕置きするつもりだった。

だが——試合開始から二十秒。ランスロットに叩きのめされた。

決して、油断していない。

だが、ランスロットの『神スキル』により、全ての攻撃が塵《ちり》と化し、最終的に右腕を切断され、戦うことができなくなった。

この日を境に、七大剣聖は引退。後釜にランスロットが指名された。

十二歳。ランスロットは、歴代最年少の七大剣聖、『神剣』のランスロットとなった。

「おお、久しぶりだな。えーと、ランスロットか」

「はい、お久しぶりです」

ヴァルファーレ公爵家に来た少年、ラスティスと再会した。

同じ七大剣聖とは知らなかったが、この時は特に意識していなかった。

ラスティス・ギルハドレッドは不思議な青年だった。

たまたま、第一部隊の宿舎食堂を通りかかった時。

「レディぃー……ゴゥッ!!」

「「ふんっ!!」」

父親ほど年の離れた筋肉達磨《だるま》と腕相撲し、一瞬で敗北していた。

「つだぁぁ!!　おいギルガ、手ぇ抜けよ!!」

「真剣勝負だろう？　なぁ、ホッジ」

「そうそう!!ってか、筋肉達磨のギルガに挑むなんて無茶無茶!!」

「んだと!?　じゃあホッジ、俺と勝負だ!!　おいフローネ、お前の旦那の腕、へし折っていいよな!!」

「構わないけど、折ったらこいつの仕事、アンタが代わりなよ」

「えぇ!?　俺もう騎士団所属じゃないし……おいミレイユ、ギルガ、後は任せるぜ!!」

「ちょっと、私やらないからね!!」

「オレも御免だ。ふん、腕が折れたくらいなら、書類も書ける。足の指でも書けるしな」

「そりゃお前だけだ!!　あっはっは!!」

騎士団員と馬鹿笑いをしていた。

七大剣聖。それは、王国聖騎士団の憧れ。

アルムート王国最強の剣士であるはず。なのに……ラスティス・ギルハドレッドは、あの中では一番年下に見える。だが、全員と対等に見えた。

「……愚かな」

奴《やつ》は、わかっていない。権力というのは、『力』だ。

七大剣聖という力は、皆を認めさせる『権力』だ。

ランスロットは、ラスティス・ギルハドレッドという男が大嫌いだった。


ランスロットは、七大剣聖の一人として、立派な剣士になった。

まだ若いと侮られることもあったが、ランスロットを知る者は誰も侮らない。その強さが本物であると、知っていたから。

そして——ついに、始まった。

「『冥狼《めいろう》ルプスレクス』……七大魔将の一体が、この地に!?」

七大剣聖として、ランスロットの十二年の人生では、初めての戦争だった。

七大剣聖に出撃命令。『冥狼ルプスレクス』の軍勢がアルムート王国に向かっているので、総力を以《もっ》て阻止せよ、とのことだった。

初めての戦争。ランスロットは、いつもの戦いと変わりないと思っていた。

だが——ランスロットには、理解できていないことがあった。

「……こ、これが」

戦争。

狼《おおかみ》の群れが、騎士たちを食い殺していく。

阿鼻《あび》叫喚《きょうかん》。血の臭い、肉が飛び散り、転がる死体。

ギャングリア帝国では感じたことのない、明確な『死』が隣にあった。

ランスロットの様子を感じ取ったのか、ボーマンダが指示を出す。

「ランスロット。貴様は後方待機だ」

「え……」

「お前は若い。戦わず、この空気を感じておけ」

何も、言えなかった。呑《の》まれていることを、すぐに見破られた。

「団長、いいですか」

「なんだ、ラスティス」

「俺の『眼《め》』で見ました。後方に本命……『冥狼ルプスレクス』がいます。俺がそこまで行って、奴と一騎打ちで倒してきますよ」

「……死ぬつもりか」

「まさか。まぁ、任せて下さい」

「おい、ラス」

「ラス……」

ラスティスは、自分の弟子……ラストワンとアナスタシアの頭を撫《な》で、行ってしまった。

まるで、変わっていない。

食堂でふざけていた時と、まるで変わらずに行ってしまった。

「……どうして、あんな顔ができるんだ」

思わず、声に出てしまった。

すると、ボーマンダが言う。

「奴は、守りたいもののために全力を出せる男だ。この国、友人、部下、弟子……奴には、守るべきものが多すぎる」

「まも、る……？」

力、権力を守るということなのか。

ランスロットは見た。ラスティスの部下たちが、食堂で馬鹿騒ぎをしていた時とは別人のような雰囲気で狼や魔族と戦っている。

守るための力。それは、ランスロットの知らない力だった。

「……馬鹿な」

気付けば、走り出していた。

戦場を駆け抜け、ラスティスのいる場所まで走っていた。

そして——見た。

ボロボロのラスティスが、巨大な銀狼《ぎんろう》とほぼ相打ちで倒れていた。

ランスロットは、聞いた。

『頼む。ラスティス……我の、家族を……苦しみから、解放してやってくれ』

「おい!! くそ、死ぬんじゃねぇ!! ああもう、なんでだ!! お前がクソ野郎ならこんな、こんな……ちくしょう!! 魔族ってのはクソじゃねぇのか!? なんでそんな目ができるんだ!!」

『……ボクを、殺してくれ』

「ふっざけんな!! くそ、くそ……」

ランスロットも見た。見てしまった。

ルプスレクスの目から、涙が流れていた。

透き通るような目で、透明な涙を流していた。

そこにあったのは、慈愛。ランスロットが、知らない感情。

物凄《ものすご》い吐き気が込み上げてきた。気付けば、飛び出していた。

「う、ァァァァァァ!!」

「ッ!? ランスロ――」

ルプスレクスの首を切断した。

噴き出す血。転がる首。そして――死んだことで濁る瞳。

ルプスレクスを討伐した。

親が死んだことで、狼たちは動揺し、一気に討伐された。

この功績で、ランスロットの地位は不動となった。莫大《ばくだい》な報奨金を得て、四年後の十六歳にはヴァルファーレ公爵として爵位も継承した。

逆に、ラスティスは腑抜《ふぬ》け……ギルハドレッドという田舎をあてがわれ、男爵の爵位を得て、引きこもってしまった。

全てが、ランスロットを中心に回っているような気がした。

でも——一つだけ、理解できないことがあった。

それは、ルプスレクスの目。

慈愛。ランスロットの中にはない感情。

わからなかった。家族という言葉、意味が理解できなかった。

でも……思っていた。あの時のルプスレクスの目は、ヴァルファーレ公爵家にあるどんな宝石よりも美しく思えた。

だから、創ることにした。

「アロンダイト騎士団。アルムート王国聖騎士団ではない、私が育てる騎士団を創設します」

スラムにいる孤児を集めた。少女だけ、そして優秀なスキルを持つ子だけを厳選し育てた。

少女だけにした理由……それは、少年を見ると、自分が手に掛けた本当のヴァルファーレ公爵家の『ランスロット』が重なって見えてしまうからだった。無意識に、ランスロットは少年、男児を避けていた。

ランスロットは、ヴァルファーレ公爵家の養子……娘にすれば、家族の気持ちがわかると思った。

でも……わからなかった。自分を「父」と慕う娘たちが、わからなかった。

何もわからないまま、ルプスレクス討伐から十四年が経過——ランスロットの心の隙間は、まだ埋まっていない。

最終章　天才剣聖、青空を見上げる

「――……」

「お父様……」

ランスロットが目を開けると、涙を流すイフリータがいた。

ほぼ、無意識だった。イフリータに手を伸ばし、その涙を指で拭う。

「……綺麗《きれい》ですね」

その涙、赤い瞳は……ルプスレクスと同じ輝きだった。

すると、ラスティスがランスロットの傍《そば》にしゃがみ込み、ニカッと笑う。

「そりゃそうだ。家族を想《おも》い流す涙だからな」

「……家族?」

「ああ。いいモンだろ?　自分を想ってくれる人がいるってのは。愛《いと》しくて……尊い」

「………」

ランスロットの胸に、温かい気持ちがあふれていた。

気付くと、目元が熱くなり……涙がこぼれた。

「いと、しい」

「ああ。愛しい……その気持ち、忘れるんじゃない。ランスロット、お前は愛されたかったんだ。欲しいものを手に入れてばかりで、それを愛しいって思う気持ちを、どこかに置いてきたんだ」

「…………」

「お前はもう、大丈夫だろ。これからちゃんと、その気持ちと向き合え。そうすればきっと、お前は誰よりもいい父親になれる」

「…………」

ラスティスは立ち上がる。

ランスロットも身体《からだ》を起こすが——思った以上にダメージが少ない。

ラスティスは、手加減してくれたのだ。

周りを見ると、イフリータや娘たち、七大剣聖、サティにエミネムがいた。

ボーマンダが言う。

「お前の負けだ、ランスロット」

「……そうですね。ふふ、敗北です。やはり、あなたには敵《かな》わなかった」

「馬鹿言うな。ったく……俺の『切り札』の一つ使ったんだぞ？　アレ使うと胃がグリングリンしてメシ食えなくなるってのに。今日は酒飲めねぇっつの」

「…………」

「な、なんだよ」

「いえ……」

ランスロットが立ち上がり、ボーマンダに言う。

「私の敗北です。団長……この勝負、アルムート王国聖騎士団の勝利です」

「うむ。では、これにて親善試合を終了とする!!」

こうして、アロンダイト騎士団とアルムート王国聖騎士団の戦いは終わった。

◇◇◇◇◇◇

親善試合から十日後。

アルムート王国聖騎士団、アロンダイト騎士団の再編制が行われた。

最初は、アロンダイト騎士団を解散し、王国聖騎士団に再編制するという話もあったが団長が拒否。アロンダイト騎士団はアルムート王国聖騎士団の『別部隊』という形で残り、ランスロットが団長を続けるという形に収まった。

つまり、今までとほぼ変わっていない。

ただ……ランスロットがアロンダイト騎士団の訓練によく顔を出すようになったり、娘たちと食堂で食事を楽しんだり、アルムート王国聖騎士団員たちを鍛えるために訓練場に顔をよく出すようになったと聞いた。

まぁ、あいつなりに、考えることは多かったんだろう。

さて、俺は何をしているかと言うと。

「はぁ～……最高」

アルムート王国王都の外れにある、寂れた公衆浴場にいた。

ふっふっふ……ここは、王都にありながら人が全く来ない穴場中の穴場!! 誰にも見られないよう、俺は使える力を全て使い、ここまで来た。

の～んびりお湯を堪能していると……ドアが開いた。ちっ、人が来ちまったか。

「失礼します。ラスティス」

「ああ。って!? らら、ランスロット!?」

なんと、ランスロットだった!!

マジか。なんでこいつがこんなところに!!

「失礼します」

「お、おお……」

当たり前のように、ランスロットが俺の隣に。

まさか、ヴァルファーレ公爵様が、こんなクソボロっちい公衆浴場に来るとは。

「……先日、両親の墓前に報告に行きました」

「……」

「両親たちの、本当の息子についての報告です。本来なら、生きているうちに報告すべきだったんですが、ね」

ランスロットは、湯を掬《すく》って握りしめる……だが、湯は手から零《こぼ》れ落ちた。

「ふふ、あなたには教えられましたよ。私は……愛に飢えていたのですね」

「さぁな。俺が思うにお前はさ、温《ぬく》もりが欲しいのを、絶対に手に入らなそうなものに置き換えて、誤魔化そうとしてたんじゃねえか？　力、権力……それが手に入っちまって、どうすべきかわかんなかったんじゃねぇのか？」

「……かも、しれません」

「ま、ゆっくり考えろ。時間は、いっぱいあるしな」

「……いいのでしょうか」

「ん？」

「私は、ヴァルファーレ公爵家に相応《ふさわ》しいのか……」

「知らん。でも、今全て投げ出したら、不幸になる子がいっぱい出る。責任感じてるなら、全部背負って死ぬまで生きろ」

「……ふ、あなたは厳しい。やはり私は、あなたが嫌いですよ」

「ははっ、そりゃどうも」

俺は湯船から上がる。いい加減、のぼせそうだ。

「じゃあな」

「ええ。ああ……サティに一言、お伝え願えますか？」

「ん、何て？」

「――……『ラスティスの元で、学びなさい』と。彼女を捨てた元父親の、憐《あわ》れな助言ですよ」

「……絶対に伝えないからな」

そう言い、俺は浴場を出ようとして、一度だけ横目でランスロットを見た。

「……ふぅ」

その時のランスロットは、とてもリラックスしているように見えた。

◇◇◇◇◇

俺は一人、王城にある自室にいた。

「……あー」

目が痛い。正直、『神開眼』まで使うことになるとは思わなかった。

俺の切り札の一つ。目にかかる負担がかなり大きく、使ったのはルプスレクスと戦った時以来。

ランスロットとの戦いで使ったことに後悔はないが……やっぱり、参ったぜ。

すると、部屋のドアがノックされた。

「はいはーい……って、団長?」

「入るぞ」

なんと、団長が部屋に来た。

お茶を出すべきか悩む。というか、迷うことなくソファに座るし。

「ラスティス。貴様を、アルムート王国聖騎士団、アロンダイト騎士団の副団長に任命したい」

「はい?」

耳がおかしくなったのかと思った。いきなり本題。というか……聞き違いか? 副団長?

「えーっと」

「ランスロットにも了解を取っている。ラスティス、貴様は、アロンダイト騎士団とアルムート王国聖騎士団に、七大剣聖の強さを見せつけた。貴様しかいない。貴様が、二つの騎士団を繋《つな》ぐ」

「あの」

俺は挙手。団長は眉をピクッと動かし、言葉を止めた。

「すみません。俺……自分の弟子で精一杯でして。それに、仕事溜《た》まってるんで、早く村に帰らないと」

「……ワシが文官を派遣してもいい」

「いえ、自分でやります」

「……」

「それに団長。アロンダイト騎士団と交流するなら、それこそ団長と、ランスロットがやらないと。今のランスロットなら、きっと団長も話しやすいと思いますよ。そうでなきゃ、あのランスロットが、王都の外れにあるクソボロ公衆浴場に来るわけないっすからね」

「……クソボロ？」

「ああ、公衆浴場です。公衆浴場」

騎士団が二つ、交流するのはいい。

今のアルムート王国聖騎士団には強いスキル持ちが、アロンダイト騎士団には経験が足りない。互いに交流すれば、きっとためになる。

俺は団長に言う。

「団長。俺がしたことなんて、ランスロットを説教したくらいです。あとは、ランスロットと団長と、両騎士団の問題です。ここからは、団長の仕事ですよ」

「…………」

「やっぱり俺、田舎でのんびり仕事してる方が、俺らしいです。あー、サボるってわけじゃないですよ？」

「……ふっ、やはりそうか」

団長はそこまで言い、立ち上がった。

「ランスロットとは話した。恐らく……お前は引き受けないだろうと言われた」

「え……」

「正直、ワシも同じことを思っていた」

「……あ、あはは」

「さて、ラスティスよ。お前は序列二位のランスロットを倒したわけだが」

「あ、序列の入れ替えはナシで。今回は序列入れ替え戦じゃなくて、親善試合ですから」

「……そう言うと思った」

団長は笑った……この人、ちゃんと笑えるんだな。

すると今度は、どこか面白くなさそうな、怖い表情をした。

「一つ、貴様に頼みがある。物凄く納得いかないが……むぅぅ」

「？」

団長の『頼み』を聞き、俺はどこか『そうなる』ような気がしていた、と思ったのだった。

◇◇◇◇◇

「あ、あの、ラスティス様……よろしくお願いします!!」

「お、おう」

「……ぐぬぬ」

王都の入口にて。

俺はサティ、そしてエミネムと一緒に並んでいた。

なんとエミネム、第一部隊長を辞め、俺の指導を受けるためにギルハドレッド領地へ。

そしてエミネムだけじゃない。

「ラスティス様!! 第一部隊騎士ヴォーズ、これからお世話になります!!」

「あ、ああ。もうちょい声を落としてくれ」

「はい!!」

全然わかってねぇ。

騎士で丸刈りのヴォーズくん。団長の言いつけで、エミネムの補佐、そして俺の補佐として騎士団から出向としてギルハドレッド領地へ行くことになった。

サティは、ニコニコしながらエミネムの元へ。

「えへへ。エミネムさん、これからよろしくお願いします!!」

「はい。ふふ、一緒に強くなりましょうね」

「はい!!」

「それと、ラスティス様……」

「おう。エミネム、領地には真新しい公衆浴場がある。修行の終わりに入る風呂はいいぞ」

「おお、お風呂……あのあの、一緒に、ですか?」

「い、いや、男女別な」

「ラスティス・ギルハドレッド!!　貴様、娘に不埒《ふらち》な真似《まね》をしてみろ……粉砕する!!」

団長怖い。あの、間違ってもそんなことはしないのでご安心を。

団長が恐《こわ》いので、そろそろ出発しようとした時だった。

「――……あ」

サティが止まった。

視線の先にいたのは――アロンダイト騎士団。親善試合に出た七人だ。

そして、イフリータがこちらへ来る。

「……イフリータ」

「……これを」

イフリータがサティに差し出したのは、掌《てのひら》に収まるくらいのバッジだった。

それは、アロンダイト騎士団の証《あかし》。

「これまでのこと、謝罪する。サティ……お前は強い」

「イフリータ……」

「お前はもう、アロンダイト騎士団ではない。だが……渡しておく。戻りたくなったら、いつでも戻って来い。その時は、私がお前を鍛えてやる」

「……ふふっ」

「な、なんだ……？」

「イフリータ、ありがとう!!」

「うわっ!?」

サティは、イフリータに飛びついた。

イフリータは顔を赤くして、サティを引き剝がそうとしたが……諦めたのか、疲れたように微笑《ほほえ》んだ。

他のメンバーも、サティに謝ったり、笑ったり、楽しそうに会話している。

あれ……そういえば、あのデボネアって子だけいないな。

まあいいか。これでアロンダイト騎士団との確執も消えただろう。

俺が、アロンダイト騎士団の奥を見ると……そこに、ランスロットがいた。

俺に挨拶しないところが、ランスロットらしい。

「さて、行くか!!　いざ、ギルハドレッド領地へ!!」

「はい!!」

「はい。ふふ、ラスティス様の領地……また行けるなんて」

「自分、頑張ります!!」

俺、サティ、エミネム、ヴォーズくん。

ギルハドレッド領地へ向けて、馬車を出発させた。

◇◇◇◇◇◇

ランスロットは、遠ざかる馬車を見送ると、そのまま空を見上げた。

「……」

「お父様？」

イフリータが話しかけると、ランスロットは淡く微笑む。

「ああ、今日はいい天気ですね。城に戻る前に、少し散歩してから行きましょうか」

ランスロットの心は、ずっと曇り空だった。

欲しいものを手に入れても、その雲が晴れることはなかった。でも、ラスティスに諭され、自分の本当に欲しかったものを自覚すると、曇り空にほんの少しだけ、光が差した。

イフリータは、胸から温かい気持ちが溢《あふ》れ、ランスロットの腕にそっと自分の腕を絡める。

「はい。あの、お父様……お散歩ついでに、カフェにでも寄ってお茶でも……」

「ぎゃはは、イフリータが乙女になってやがる」

「エニードさん、茶化しちゃダメですよぉ」

「カリア、あなたもニヤニヤしているのではなくて？」

「ブランゲーヌは羨ましがってるし……ふぁぁ」

「わっはっは。ロディーヌ、拙者も実は羨ましい!!」

リンがゲラゲラ笑うと、話を聞いていたイフリータがため息を吐《つ》いた。

「も、申し訳ございません。お父様……すぐ黙らせますので」

「いえ。お気になさらず……ふふ、さあ、行きましょうか」

ランスロットはもう一度、青空を見上げ、娘たちと一緒に歩き出すのだった。

エピローグ

紅蓮の炎、天翼ラクタパクシャ

魔界。

人間界から遥《はる》か遠く離れた場所にある、巨大な孤島。

その大陸は八つに分けられ、それぞれの地域を『七大魔将』と『魔王』が統治している。

魔界地域の一つ、『天翼』。

その地を統治するのは、七大魔将『天翼』ラクタパクシャ。

居住地である城の最上階で、クッションを敷き詰めた巨大なベッドに横になっていた。

姿は女性。年齢は二十代半ばほど。

スタイル抜群の美女で、真紅の長い髪が血のように、ベッドにブワッと広がっている。

眠いのか、真紅の瞳はしょぼしょぼしており、大きな欠伸《あくび》をした。

「ふぁ……」

真っ赤なドレスは皺《しわ》だらけ。どうやら長時間寝転がっていたらしい。

すると、大きなドアが開き、巨大なカートを押して二人の魔族が入って来た。

「失礼します。ラクタパクシャ様、お食事の準備ができました」

「ん……」

皿の上に用意されていたのは、巨大な牛の丸焼き。

ラクタパクシャはナイフとフォークを手に、牛を切り分け肉をパクッと食べた。

そして、首を傾《かし》げ一言。

「む……味付け、変わっておるの」

「はい。『調理師』が死にましたので、新しい料理人を……」

興味があるのかないのか、ラクタパクシャはモグモグ肉を食べる。

すると、料理を運んできた鴉《からす》のような顔をした上級魔族、『黒嘴《くろはし》』のクロウズが言う。

「ら、ラクタパクシャ様。お食事中、よろしいでしょうか」

「ん、なんじゃ」

「その、『調理師』ビオレッタは殺されまして。以前、実験をした『天翼移動』で人間界に降り立ち、ラクタパクシャ様の土産を探していたところ、人間に殺されたようです」

「天翼移動。ああ……魔王様に命令されていた『人間界への確実な移動法』か。わらわの翼を魔族に移植して、空を飛んで行く方法だったかの……」

「は、はい。ですが、ラクタパクシャ様の『羽』に適合する魔族は少なく、適応できる前に力を吸われ骨と皮となるか、適合しても途中で力尽き海に落ちるかで……確実な移動法とは言えず」

「失敗か」

「……申し訳ございません」

「ビオレッタと、その妹は適合し海を渡って人間界へ向かい、そこで散ったということか。まあ、仕方あるまい。あの兄妹は戦闘はからっきしだったからの」

ラクタパクシャは牛の丸焼きを完食。頭蓋骨を手に取り、ボリボリ食べ始めた。

ようやく目が覚めたのか、ラクタパクシャはクロウズとの会話を楽しんでいた。

「ところで、『海蛸《うみだこ》』はどうしておる？　巨大船を建造し、ヤツ自身で引っ張るとか言っておったが」

「えー、報告ではうまくいっていないようです。『海蛸』様では『大海嘯《だいかいしょう》』を越えることができないうえに、荒れ狂う海に耐えることができる船の素材がないとのことです」

「じゃあ、『地蛇《つちへび》』は？」

「『地蛇』様は、海の下にある大地を掘ってトンネルを作る計画ですが、地盤が硬く難航しているようです」

「はっはっは!!　面白いの……まるで『人間界にには行かせない』という何かを感じるの。魔界、人間界を隔てる、魔の海域『大海嘯』……今の時点で行けそうなのは、わらわの翼だけかの」

「そういえば、『冥狼《めいろう》』も軍勢を率いて海越えをしましたね」

するると、料理を運んできたもう一人の上級魔族、ドーマウスの青年が笑い、言った。

「――……」

「いやはや、まさかあのような『駄犬』が、海越えをできるなぞ……」

ギョッとする青年。だが、ラクタパクシャの笑みはもう消えていた。

「らら、ラクタパクシャ様!!　こちら、新人でして、何も知らず」

次の瞬間、ラクタパクシャの背中、片方だけ巨大な翼が生えた。

真っ赤な美しい翼だった。ドーマウスの部下が「え、え」と、取り返しのつかないことをしたと理解する前に、部下の顔面に大量の『羽』が突き刺さった。

「燃えろ」

ラクタパクシャがつまらなそうに呟《つぶや》くと、新人の血肉が、魔力が、一瞬で燃え尽きた。

「掃除をしとけ」

「しょ、承知しました」

ラクタパクシャは不機嫌だった。

ルプスレクスの話題は厳禁……ラクタパクシャの部下なら誰もが知っていた。たった今死んだ新人を除いて。

クロウズは、ごくりと唾を飲み込む。

実は他にも報告があった。上機嫌なうちに話そうと思っていたのだが……この『報告』でもしかしたら、自分も殺される可能性があった。

「その、追加の、ご、ご報告ですが……」

「……」

「実は、ビオレッタと、その妹ヤズマットを殺した人間なのですが……め、『冥狼』ルプスレクス様と一騎打ちをして、打ち破った人間です」

「…………」

静寂だった。

ラクタパクシャは無言。クロウズはその表情を見ることができない。

すると、ラクタパクシャは言う。

「クロウズ。その人間……どこにおる」

「わ、私の『カラス』が監視しております。今は、人間界の片隅にある田舎です」

「名前」

「え？」

「人間の名前」

「……ら、ラスティスです。ラスティス・ギルハドレッド」

「ほう……」

ラクタパクシャは立ち上がる。

「ら、ラクタパクシャ様……ど、どこに」

「『灰翅《はいばね》』と『鶺鴒《せきれい》』を呼べ。ちょっと人間界に行く」

「ええ!?　らら、ラクタパクシャ様が、自ら!?」

「ずっと感じている――……ルプスレクスの気配。ルプスレクスを殺したそやつに会えば、何かわかるかもしれん」

「しし、しかし!! ラクタパクシャ様、最強の側近を連れてまで、行く必要は」

「ある。わらわは納得していない。なぜルプスレクスが全てを捨てて人間界に行ったのか。何を考えていたのか……知りたい。この十四年、答えは出なかった……動く時が来たようじゃな」

ラクタパクシャは、自分の胸を押さえた。

クロウズは言う。

「……領地は、どうするのですか」

「………」

「あなた様が留守になると、『破虎《はどら》』様がきっと仕掛けてきます。今や『冥狼』地域は、『破虎』様の軍勢が完全支配……七大魔将で最大の地域を持つ魔族となりました」

「……すまんな。なるべく早く戻る」

「……ラクタパクシャ様」

「やはり、忘れられんのだ……あの、誇り高きオオカミのことを」

かつての――ルプスレクスが大地を駆け、その上を飛ぶラクタパクシャ、その思い出が。

ラクタパクシャは、悲し気に微笑《ほほえ》んだ。

「ふふ……なぜ、あんなオオカミを愛してしまったのかの……」

七大魔将『天翼』ラクタパクシャは、自分を馬鹿にしたように笑うのだった。

あとがき

はじめましての方、お久しぶりの方、作者のさとうです！

このたびは『脇役剣聖2巻』を手にしていただき、誠にありがとうございます！

最近、電子ドラムを購入しました。原稿の合間など、休憩中に叩《たた》いていろいろ発散しています。電子ドラム……面白いですね。まだ全然初心者ですが、8ビートを無心で叩いていると、あっという間に時間が溶けていきます。動画などでプロの技を見ながら真似《まね》していると、リズム感がまるでないことに気付きました……でも、いずれはいろんな曲を叩けるようになりたいです。


さて、2巻です。ここから先はネタバレになります。


1巻では顔見せだけだったランスロットに焦点を当てたストーリーとなりました。

舞台も田舎のギルハドレット領地から王都へ。敵も魔族から人間へと、1巻とはだいぶ違う内容となっています。

1巻で登場した七大剣聖、ラストワンとアナスタシアのイラストも公開されました。

軽薄系サングラスのラストワン、堅物委員長系の眼鏡美女アナスタシア。クセの強い七大剣聖にぴったりなデザインとなっています。イメージぴったりのデザインで、ラフをもらった時にはもう「これしかない」って感じになりました。

そして2巻で本格的に登場するイフリータ。堅物、真面目、大剣に大盾を装備し、そして炎を操る少女……あまりに完璧ですが、実は超ファザコンです。こういう一個だけ特殊な属性を混ぜてキャラを作るのがぼくは大好きです。イフリータ、お気に入りキャラです。

新キャラのデボネア。彼女は暗殺者でサディスト、拷問好きという、2巻では明確な「悪」のキャラです。なろう系では「ざまあ担当」っぽいですね……キャラデザ、超好みですが。

1巻で活躍したキャラたちも大活躍します！

まずはサティ。1巻では力も上手《うま》く使えず、戦闘では活躍できなかった彼女も、2巻では成長し大活躍します。まだまだ弱いですが、鍛えれば神スキル『神雷』は恐るべき能力です。

そしてフルーレ。2巻ではサティたちを見守る立場でしょうか。今回は落ち着いた感じの、七大剣聖としての彼女を見せることができたと思います。

エミネム。彼女はちょっとポンコツ系になりつつあるかも……でも、そういう姿もまた、可愛《かわい》らしいですね。

そしてランスロット。2巻のラスボスとしてラスティスと戦いを繰り広げます。

今回のストーリー展開、ぼくはかなり好きな流れとなりました。

摸擬《もぎ》戦が始まり、エミネムの奮闘、サティの過去にケリを付ける戦い……誰が主人公かわからないですね。そして最後、主人公ラスティスとランスロットの一騎打ち。もう熱い展開ですね、やっぱり最後は主人公が魅せてくれました。

ラスティス対ランスロット、どうでしたか？　この戦いは善と悪の戦いではなく、子供を叱る大人のような構図で描きました。ランスロットはまだ子供、ラスティスは子供の間違いを叱り、正しく導いてくれました。大人のカッコよさを感じてもらえたら嬉《うれ》しいです。

ここで補足。ラスティスの『神開眼』は瞳が青くなります。作中では一瞬で勝負がついてしまいましたが、その速度はシャッタースピードくらいの速度で、ランスロットが止まって見え、その間に刀で峰打ちして吹っ飛ばしたという感じです。速すぎて描写しようにもできませんでした。

まだまだラスティスの目には秘密があります……どうかお楽しみに。

そして、3巻が出ます！

2巻の最後に出た美女。七大魔将の一人『天翼』ラクタパクシャです。言いにくい名前ですが、ちゃんと由来はあります……内緒にしておきますけど。

3巻では、七大魔将『冥狼』ルプスレクスについても触れていきます。ご期待ください！

読者の皆様、編集者の皆様、そしてこの物語に関わる全ての方に心からの感謝を。

イラスト担当のGaruku先生、今回も素敵なイラストありがとうございます！　女性イラストも好きですが、ぼくはラストワンが好みです……カッコいい。

そして最後に……この作品、コミカライズ決定しました！　漫画で動くラスティスたち、今からすごく楽しみです！

それではまた次巻でお会いできるのを楽しみにしております！

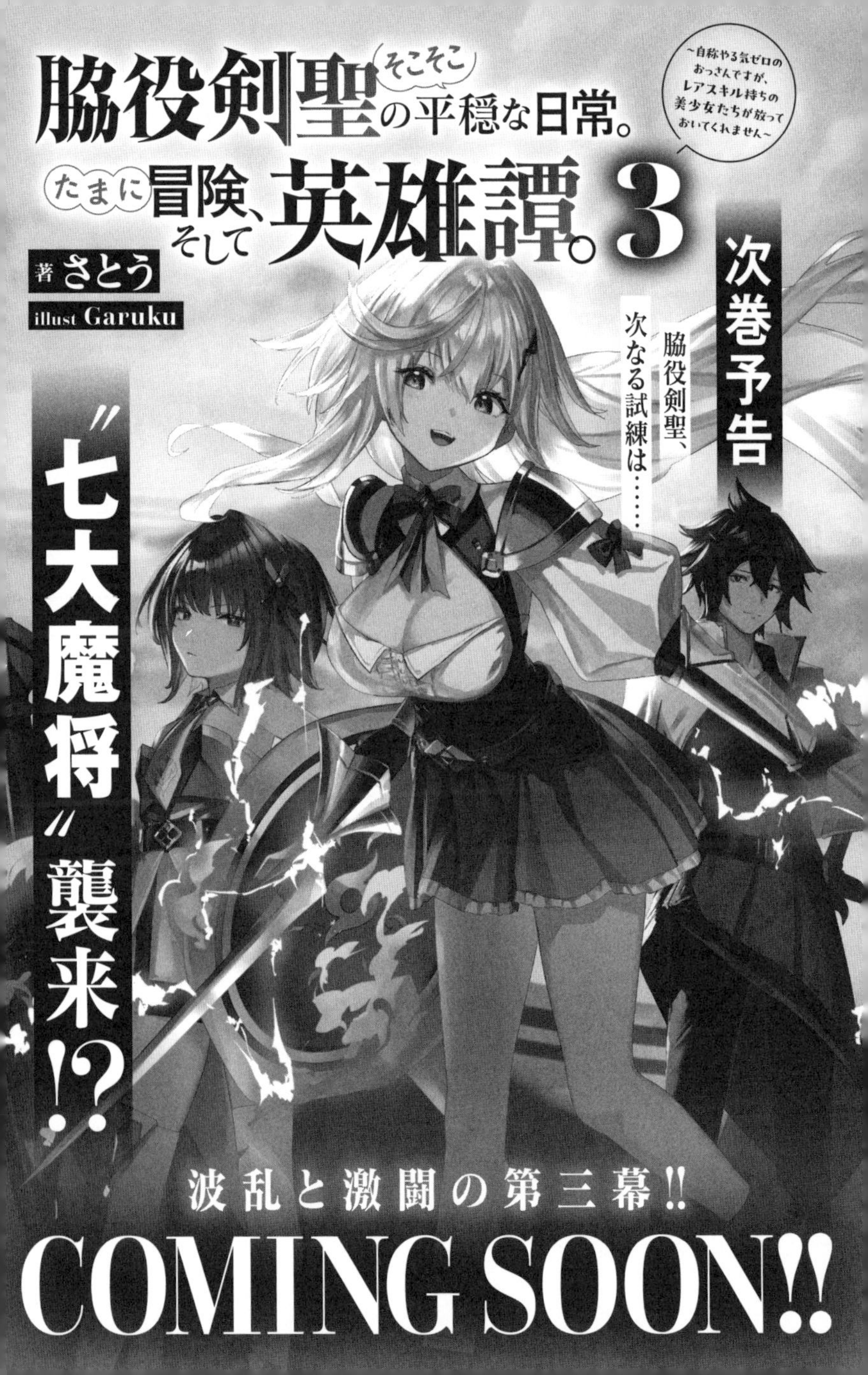
脇役剣聖そこそこの平穏な日常。
たまに冒険、そして英雄譚。3
〜自称やる気ゼロのおっさんですが、レアスキル持ちの美少女たちが放っておいてくれません〜
著 さとう
illust Garuku
次巻予告
脇役剣聖、次なる試練は……
〝七大魔将〟襲来!?
波乱と激闘の第三幕!!
COMING SOON!!

作品のご感想、ファンレターをお待ちしています

あて先

〒141-0031　東京都品川区西五反田8-1-5 五反田光和ビル4階
ライトノベル編集部
「さとう」先生係／「Garuku」先生係

スマホ、PCからWEBアンケートにご協力ください

アンケートにご協力いただいた方には、下記スペシャルコンテンツをプレゼントします。
★本書イラストの「無料壁紙」　★毎月10名様に抽選で「図書カード（1000円分）」

公式HPもしくは左記の二次元バーコードまたはURLよりアクセスしてください。
▶ **https://over-lap.co.jp/824010315**
※スマートフォンとPCからのアクセスにのみ対応しております。
※サイトへのアクセスや登録時に発生する通信費等はご負担ください。

オーバーラップノベルス公式HP ▶ **https://over-lap.co.jp/lnv/**

OVERLAP NOVELS

脇役剣聖のそこそこ平穏な日常。たまに冒険、そして英雄譚。2

～自称やる気ゼロのおっさんですが、レアスキル持ちの美少女たちが放っておいてくれません～

発　行　2024年12月25日　初版第一刷発行

著　者　さとう

イラスト　Ｇａｒｕｋｕ

発行者　永田勝治

発行所　株式会社オーバーラップ
〒141-0031
東京都品川区西五反田 8-1-5

校正・DTP　株式会社鷗来堂

印刷・製本　大日本印刷株式会社

ISBN　978-4-8240-1031-5 C0093

【オーバーラップ　カスタマーサポート】
電　話　03-6219-0850
受付時間　10時～18時（土日祝日をのぞく）

第12回オーバーラップ文庫大賞
原稿募集中!
イラスト：片桐
これは、世界を変える魔法《ものがたり》
【賞金】
大賞…300万円
（3巻刊行確約＋コミカライズ確約）
金賞……100万円
（3巻刊行確約）
銀賞……30万円
（2巻刊行確約）
佳作……10万円
【締め切り】
第1ターン 2024年6月末日
第2ターン 2024年12月末日
各ターンの締め切り後4ヶ月以内に佳作を発表。
通期で佳作に選出された作品の中から、「大賞」、「金賞」、「銀賞」を選出します。
投稿はオンラインで！ 結果も評価シートもサイトをチェック！
https://over-lap.co.jp/bunko/award/
〈オーバーラップ文庫大賞オンライン〉
※最新情報および応募詳細については上記サイトをご覧ください。
※紙での応募受付は行っておりません。